体力づくりのランニング!!
兄貴ぃ～、もう無理ぃ～……
おんぶ～……
じつは義妹《いもうと》でした。
～最近できた
義理の弟の距離感が
やたら近いわけ～

ほら、兄貴。
食べさせてあげるから、
あ〜ん
……仕方ないな
真嶋涼太
Majima Ryota
高校2年生。義理の妹、
晶を最初は
弟だと勘違いした結果、
急接近！
アプローチに戸惑いつつも、
兄貴として奮闘中！

姫野晶
Himeno Akira
高校1年生。親の再婚でできた、
涼太の義理の妹。
涼太のことが好きで、
アプローチをしかける毎日。
実は極度の人見知りな性格

兄貴……
ほかのメイドさん見て、
ニヤニヤしてる
学園祭でコスプレをして……

どうかな。涼太先輩、
お兄ちゃん。似合ってる？
上田ひなた
Ueda Hinata
晶の同級生な
高校1年生女子。
涼太の友人・光惺の妹。
献身的で、
世話焼きな兄想い

演劇部の本番で
ハプニングがありまして……

私が好きなら
ずっと一緒に生きて。
遠い未来まで

兄貴、駅まで
お姫様抱っこして？

じつは義妹《いもうと》でした。2
～最近できた義理の弟の距離感がやたら近いわけ～

白井ムク

ファンタジア文庫

3167

口絵・本文イラスト　千種みのり

contents

プロローグ

秋らしさが増してきた九月下旬の日曜日――

「あははは、兄貴よっわ〜！」

「ちょっ、おい！　だからその空中コンボやめろって！　卑怯《ひきょう》だろっ！」

――という季節感とは全く関係なく、俺と義妹《いもうと》の晶《あきら》はいつものように家でダラダラとゲームをして遊んでいた。

「はい、ノーダメージで一ラウンド終了〜」

「くぅー！　二ラウンド目で挽回《ばんかい》だっ！　今度こそっ――」

……訂正。

晶に弄ばれていると言ったほうが正しい。

今俺たちがやっているのは『エンド・オブ・ザ・サムライ2』――通称『エンサム2』と呼ばれる、幕末の日本を舞台にした対戦ゲームである。

発売から二年、幕末マニアにはたまらない一品なのだが――

「はい、パーフェクト！」

「はぐっ⁉　一撃もダメージを与えられないとか……。すまん、慶喜《よしのぶ》……」

——必ずしも歴史マニアが強いとは限らない。

俺が下手くそなせいで、徳川《とくがわ》第十五代将軍様が無様にも地面にキスをしている。

画面が切り替わると、男装の女剣士、中沢琴《なかざわこと》がチラリと着物の襟元をはだけさせ、

『——自分より弱い者のところには嫁には行かぬ。欲しくば、打ち負かせ』

と、お決まりの挑発的な勝利セリフでこの勝負を締めた。

「また僕の連勝記録が更新されたね」

「俺の連敗記録も更新か……。というか晶、ほんと、いい加減にこのゲームやめないか？」

初めて晶と一緒に遊んだゲームなので思い出深いことはたしかなのだが、今となっては俺のトラウマになりつつある。

なにせ晶は巧《うま》い。多少かじったことのある程度ではダメージを与えられないくらい、この二ヶ月足らずで晶の腕はめきめきと上達していた。

今だって、俺の操作する慶喜は一撃もダメージを与えられずに負けてしまった。

こうなってくると、もはや勝負をする前から負けるビジョンしか浮かばない。

「兄貴、慶喜を使うのやめたら？　琴キュンとダイアグラム七対三じゃ勝ち目ないよ？」

「ダイアグラムってなんだ？　というか中沢琴のこと琴キュンって呼んでるのか？」

「ネットでそう呼ばれてるよ。強くてカッコよくて可愛《かわい》くない？」

「……まあいい。──とりあえず休憩だ休憩。一時間もぶっ通しでお前の相手をするとか鬼畜すぎるだろ……」

負けが込んでいるせいか、俺は多少イライラしつつコントローラーをテーブルに置いて立ち上がる──と、晶が俺の服を引っ張った。

「兄貴……。もしかして、僕とゲームするの、嫌になっちゃった……？」

「ああ、いや、そういうわけじゃなく、ちょっと疲れただけだから、ほんと……」

出し抜けにそんな切ない表情をするのはずるい。

弟だったら「そんなわけないだろ」と笑顔で肩を叩《たた》いて済んでいたかもしれない。

けれど相手は、義妹で、女の子の、晶……。

どぎまぎと顔を逸《そ》らしてしまう自分が兄としてたまらなく情けない。

「というか、晶は、その……こんな弱っちい俺とやってて飽きないのか？」

「うん、全然」

「なんで？」

「たしかに兄貴は弱っちいけど、一緒にやりたいから」

「……だから、なんで？」

強い相手と競ったほうが燃えないか？　と言おうとしたら──

「情けない顔をする兄貴って、ほんと可愛くて……。胸がキュンとしちゃうんだ、僕」

「っ──────!?」

──と、潤んだ瞳で言われてしまった。

「だから僕のためにこれからも負け続けてね、兄貴」

……正直、嫌だ。

晶が俺とゲームで対戦する目的は、勝つことではなく、俺の情けない顔を引き出すため。

そんなことを聞かされても俺は──無理とわかっていても晶に勝ちたい。

「あ、でも、兄貴はもっともっと練習して強くなってほしい！　僕に勝てるぐらい！」

なんだ？　兄の心を読んだのか？

「だ、だよな？　やっぱ相手にならないとつまらな──」

「僕より弱い人はやだ。僕が欲しかったら……勝ってみせて」

「──い、よな……」

「なんてね？」

えっと……エンサム2をやりすぎて中沢琴が乗り移ったのか？

「まあ僕の心はとっくに兄貴に負けてる感じだけど。でも、もし兄貴がゲームで僕に勝ちたいって思ってるなら、僕のことが欲しいってことで──」

「じゃあこれからも負け続けるほうがいいかな～」

「なんでっ⁉　兄貴ひっどぉ──！　そこは『じゃあもっと頑張る』だろぉー！」

晶は俺の肩をポカポカと叩き始めた。

──たしかに、俺はひどい兄貴だ。

晶を義理の弟と勘違いしただけでなく、義妹と知らずに気安く接して……ついには十日前に晶と一緒の布団《ふとん》で寝ることになり──

『だから結婚しよ？　僕と家族になろ？　僕、兄貴と兄貴の赤ちゃん、一生大事にするよ？』

──彼女から告白どころかプロポーズまでされてしまったのである。

晶のプロポーズに対して、俺は「晶の兄貴でいたい」と伝えた。

正直、俺はまだ気持ちの整理がついていない。

家族としてか、異性としてか──どちらにしても晶を大切にしたい気持ちには変わりないが。

そう俺が迷うだろうと予想していた晶は、ちゃっかりと逃げ道を用意してくれていた。

『だから、今は義理の妹ってことで、そのうち兄貴のお嫁さんにして』

そのうち──つまり、期限は決められていない。

それまで晶は俺のことを待ち続けるのだろうか。

それまで俺は晶のことを待たせ続けるのだろうか。

いつか、俺がきちんと晶に向き合えるまで……──

──こんな感じで、俺たちは兄妹《きょうだい》の一線をあと一歩で越えられるほどの距離まで関係が進んでしまった。

けれど俺たちの思い描いている線はまだ交わることはなく、
今はこうして、危ういながらも、平行線を辿《たど》っている。

第1話「じつはもうすぐ学園祭がありまして……」

週明けの月曜日の朝六時。

スマホのアラームが鳴る三十分前に俺は目覚めた。

一つ伸びをしたところではっとして、すぐに部屋の中を見回す——が、どうやら今朝は大丈夫だったようで、俺はほっと胸を撫《な》で下ろした。

さて、なにが大丈夫なのか？

説明したいところだが、ちょうど向こうからやってきたようなので、俺はそっと扉のほうに目をやった。

時計の秒針が回るくらいの速度でドアノブが下がると、扉が音もなく開け放たれる。

そして、そろりと扉の隙間から顔を出したのは泥棒……ではなく——

「おはよう、晶《あきら》」

「はわっ⁉ 兄貴、起きてたの⁉」

——やっぱりというか、晶だった。

晶は悪戯《いたずら》を見つかった子供のように、顔を赤くして動揺を隠しきれずにいる。

「なんでこそこそと入ってこようとしたんだ？」

「そ、それは、その～……もちろん兄貴を起こしてあげようと思って！」

「ほほう」

このところ、学校のある日は晶が毎朝起こしに来てくれる。

それ自体はありがたい。義妹《いもうと》に朝から起こしてもらえるなんて、漫画やアニメでしばしば描かれる憧れのシチュエーションだろう。

だが、いかんせん、起こし方が、非常に、よろしくない……。

「というかなんで兄貴は僕が来るより先に起きてるの？」

「ダメか？　なんとなく危険を察知して目が覚めたんだ」

「……ちぇ。せっかく新しい技を思いついたのに」

「おい、フライングボディプレスに余計なアレンジを加えるな」

そう。

晶の起こし方は、単なるプロレス技なのだ。

たとえば「兄さん、朝ですよ。起きてください」と優しく身体《からだ》をゆすったり、「にいにい、朝だよ～！　おっきろ～！」と腹の上でドタバタするのならまだしも……。

「ちなみにどんなアレンジを加えようとした？」

「えっと、ジャンプしてから両膝を――」

「いやもういい。だいたいわかった……」

「じゃあ兄貴、今からやってみせるからもっかい寝て」

「ダメだ！――いいか晶、よく聞くんだ。寝ている素人《しろうと》相手に素人がプロレス技をかけちゃいけない。特に肘と膝は危険だ。素人が簡単にやっちゃいけないレベルのやつだ、それ」

「えっと……つまり、兄貴が起きてたらいいの？」

「人の話、ちゃんと聞いてたか？　起きてても絶対ダメだ！」

晶をたしなめると、また「ちぇ」と舌打ちをした、と思ったら――

「僕がこんなことするの、兄貴だけだよ……？」

――今度は照れ臭そうにもじもじと身体をくねらせ、上目遣いで俺を見た。

「今、びっくりするほどグッとこなかったなぁ……」

だいぶ呆《あき》れた。

こんなこと――思いつきでやろうとしていたフライングニードロップのことか？

なぜ義妹に毎朝毎朝生命の危機を感じないといけない。

「おかげで早起きの習慣がつきそうだよ。本能なのか細胞レベルなのか、とにかくこっちは危機感で目が覚めるからな」

俺が皮肉まじりにそう言うと、晶はつまらなそうな顔をする。

「僕的には兄貴の寝顔を見るのが毎朝の楽しみなんだけどなぁ～」

「習慣化しちゃいけないやつだ、それ――」

――俺たちは恋人でも夫婦でもないのだから。

義理の兄妹でもそれは……やっぱり違う気がする。

「とりま、朝食の準備ができてるみたいだから、着替えたら下りてきてね？」

「ああ、うん。わかった」

晶は軽い足取りで階段を下りて行ったが、俺はそのまま晶が出て行ったあとの扉をぼーっと眺め続けた。……とりあえず、起きるか。

＊＊＊

身支度を整えて一階に下りると、今朝は珍しく親父《おやじ》と美由貴《みゆき》さんがいた。

「おはよう、親父、美由貴さん」

「おはよう涼太《りょうた》。まだ寝癖がついてるぞ？」

親父こと真嶋太一《まじまたいち》は映画美術の仕事をしていて、最近は時期的に忙しいせいか、夜遅くに帰ってくることが多い。朝は俺が起きたときは大概寝ている。

しばしば泊まり込みで作業をすることもあったりして、こうして朝に会うほうが珍しい。

「あらあら、本当。せっかくのイケメンが台無しよ、涼太くん」

俺の寝癖を見てにこやかに笑っている美由貴さんは、親父の再婚相手で俺の義母《はは》だ。

映画やドラマの現場で活躍するメイクアップアーティストで、親父とは仕事でたまたま知り合ったらしい。

晶が美少女なのが頷《うなず》けるほどの美貌の持ち主で、思わず自慢したくなるような綺麗《きれい》な母親ではあるのだが、ちょっと天然なのが玉に瑕《きず》。

今朝は仕事に出るのが早いらしい。すでに余所《よそ》行《い》き用の服を着ていて、メイクまでばっちりと決めていた。

「珍しいな、夫婦揃《そろ》ってるなんて」

「まあな。俺は半休だからもう少しゆっくりできるけど――」

親父はふと壁掛けの時計を見て「七時十分だよ」と、美由貴さんに伝えた。

「あ！　私、もう出ないと！」

「洗い物は俺がしておくよ。置いといて」

「ふふっ、じゃあ太一さんにお願いするわね」

「任せてくれ」

美由貴さんは親父にあとのことを任せると、エプロンを脱いでそのまま二階へと駆け上がっていった。

再婚してから約三ヶ月、共働きによる生活時間帯のズレはあったとしても、夫婦の仲は今のところ安泰のようだ。

さらに言えば、離婚してから親父がこんなにも幸せそうにしている姿は見たことがない。

「……良かったな、親父」

「ああ。半休取って朝ゆっくりできるのは嬉《うれ》しいな～」

「そっちじゃねぇ……」

親父は「え？」という顔をしていた。……まあ、たしかに今のは俺が悪かった。

そうそう、それともう一つ良《い》いことがあった。それは――

「あ、太一さん、僕も手伝うよ」

「ありがとう晶。助かるよ」

なったこと。

——こんな感じで、晶が親父のことを「おじさん」ではなく「太一さん」と呼ぶようになったこと。

おそらく美由貴さんに倣《なら》ってのことなのだろうが、親父と晶の関係も少しずつ距離が縮まってきたようだ。

晶は美由貴さんが使っていたエプロンを制服の上から着けると、親父の横に立って洗い立ての皿を受け取り、食器拭き用のタオルで拭き始めた。

そんな光景を目の当《ま》たりにしながら、俺はひどくほっとしていた。

思い起こすと、初めて晶と会った三ヶ月前のあの日——

『あの、最初に言っておくけど馴《な》れ合いは勘弁してほしい』

——なんて言っていた晶だったが、蓋を開けてみれば素直で明るいやつだった。

今では俺に対して無防備で、弟みたいに距離が近い義妹。

目覚めのフライングボディプレスとか、ちょっと（？）悪戯好きで困るところもあるが……。

ほかにもいくつか心配なところはあっても、おおむね俺たちの関係は良好だった。

いや、本当に——どうして俺は三週間ものあいだ晶を男兄弟だと勘違いして一緒に過ごしていたのだろう。

制服の上に可愛《かわい》らしいエプロンを着けた晶は、どこからどう見てもただの美少女だ。

晶を美少年だと勘違いしていたあの頃の自分をただただ恥じ入るばかりである——と、不意に晶の後ろ髪が揺れ、振り向いた彼女と目が合った。

晶はこっそりと俺に微笑《ほほえ》みかけると、さりげなくウインクをしてくる。

可愛い……じゃねぇ！　バカ、バレるだろ！

慌てて睨《にら》むと、にしししと悪戯っぽい表情を見せた。

すぐそこで呑気《のんき》に洗い物をしている親父がいるのに……。

——こうやって晶は俺が油断したときに仕掛けてくる。

こういうやり方も含め、とにかく可愛くて困るのだ、この義妹は……。

誰にも聞こえないようにそっとため息をつくと、今度はパタパタと二階から美由貴さんが駆け下りてくる音がした。

「涼太くん、お願いしたいことがあるんだけど、いいかしら？」

「なんですか？」

「私、今日も帰りは遅くなりそうだから、夕飯は晶と二人でお願いできる？　冷蔵庫に作り置きしたものがあるから」

「わかりました。気をつけて行ってきてください」

「ありがとう涼太くん。——それじゃあ行ってくるわね」

「いってらっしゃい——あ、美由貴さん、財布と鍵っ！」

「あ、ごめんなさい！」

美由貴さんはやっちゃったという顔をしたあと、親父と晶に「いってきます」と笑顔で伝えて小走りに玄関へと向かった。

——これが、俺たち真嶋家。

改めて、今の生活がごく当たり前になりつつあるのを俺は驚いていた。

親父がいて、美由貴さんがいて、晶がいて、そして俺……。

つい数ヶ月前までは想像すらできなかったが、この少しだけ騒がしい四人家族の日々も、俺はだいぶ気に入っていた。

そんなことを感慨深く思っていると、俺の前に湯気の立っているマグカップがコトンと置かれた。

「兄貴、コーヒー淹《い》れたからどうぞ」

「ありがとう、あき——って、おい、これ……⁉」

俺は親父のほうを窺《うかが》って、慌てて声を潜めた。

「……これ、さっきまでお前が使ってたマグカップだよな？」

「そうだけど、なに？」

「なにって、だから——どうして俺のじゃないか気になっただけだ……」

「洗い物が増えちゃうから」

「なるほど、いかにも合理的っぽい理由だな……」

「だから『間接チュ——』とか気にせずに使ってよ。僕は気にしないからさ」

「うぐっ！」

言い方に悪意を感じる。

ただまあ、この程度だったら気にしたほうが負けだ。

「わかった。じゃあ遠慮なく頂くよ——」

「僕の唇……」

「——ゲホッゲホッ!?」

ボソッととんでもないことを呟《つぶや》くものだから、俺は盛大に噴き出した。

「うわっ、ちょっ！　兄貴きったなぁ～！　制服についちゃうじゃん！」

誰のせいだ、誰の……。

＊＊＊

「兄貴、さっきのことまだ怒ってるの？」

家を出てすぐ、晶が先ほどのコーヒーの一件をからかうように言ってきた。

「まあな」

「ごめん。お詫《わ》びにハグしてあげるから──はい」

晶は両腕を広げてみせた。

「ほら、そういうところだ、そういうところ！　──晶、もうちょっと、こう、手加減してくれ……」

「手加減？　なんの話？」

「とぼけるな。俺の反応を見て楽しんでいるんだろ？」

にしししと悪戯《いたずら》っぽく笑う晶を、俺は呆《あき》れた目で見る。

「バレちゃったか。でもまあ、これも訓練だから」

訓練──晶曰《いわ》く、妹に慣れるための訓練とのこと。

晶が義理の弟ではなく義妹《いもうと》だと知った瞬間から、俺は急に彼女を異性として意識してしまうようになり、よそよそしい態度をとるようになってしまった。

そこで晶が求めたのは、今まで通り、弟に接するような距離感でいること。それどころか――

『今以上に僕との距離が近くなれば逆に意識しなくなるよね？』

――と、中途半端《ちゅうとはんぱ》に女の子だと意識するから距離を置いてしまうという理論に発展。

だったら思い切って積極的に絡《から》んでしまえとのことで、妹に慣れる訓練とやらが始まった。

だが、そのあとは投げっぱなしブーメランの応酬――つまり、俺が弟だと思って積極的に絡んだりやらかしたことが、全て俺自身に返ってきてしまったのだ。

当然、女子に免疫のない俺はひどく戸惑ってしまった。

――これは本当に妹に慣れる訓練なのか？

そんな疑問とともに、俺はだいぶ心配だった。こんなことをしていたら兄妹《きょうだい》ではなく異性としての方向に関係が進んでしまうのではないか、と……。

杞憂《きゆう》ではなかった。

結果的に、晶は俺を異性として好きになってしまったのだから。

こんな出来事は歴史上類を見ないだろう。あるならどう対処していいのか学びたい。

ただまあ、最近の晶の詰め寄り方はなんだかとても危うい。

ドキドキというかハラハラさせられることが多く、「吊《つ》り橋効果」どころか「綱渡り効果」と言ったほうが正しい。ちょっとでもバランスを崩せば真っ逆さまだ。

……念のため注意しておくか。

「晶、今朝のアレはダメだぞ」

「……どれの話？」

「だから、そばに親父《おやじ》がいるのに、その……ウインクしたり、間接キ……と、とにかく、アレはダメだ！」

「ああ、アレね。だから訓練だし、気にしすぎだってば」

「いや、もうあのレベルは妹に慣れる訓練とかじゃないだろ？　気にするなと言われるほうが無理がある」

すると晶は俺の前まで来て通せんぼをし、上目遣いで俺を見つめてくる。

俺は思わず足を止めた。

「まあ、妹というより僕に慣れる訓練かな？」

「もう十分慣れたって。もう要らないって、ほんと……」

「ダーメ。兄貴、まだ僕との距離を縮めようとしてくれてないし」

——それは家族としての方向じゃねぇだろ！　と心の中でツッコんでおく。

「とにかく晶、親父たちの前で仕掛けてくるのはダメだ」

「兄貴的にはバレたらまずいもんね？」

「晶的にはバレてもいいのか？」

「う〜ん……。バレたらバレたで、そのときはそのときかな〜」

「ずいぶんと開き直ってるんだな？　そのハートの強さはどこからくるんだよ……」

するとは晶は笑顔を浮かべ、

「だって兄貴、僕のことが好きって言ってくれたよね？　バレたら責任取ってくれるって約束したもん」

と、俺の服の袖をキュッとつまんだ。

それは——たしかにそう言った。

でも、それを今持ち出すのはずるい。

それはまだ晶を弟だと思っていたときの話で、一緒に風呂《ふろ》に入ることになって——いや、いや、あの日のことを掘り返すのはやめよう……。

「俺、バレたら家から追い出されるかもな～……」

「大丈夫。そのときは僕も兄貴と一緒に家を出るから」

晶はそう言って、今度はニコニコと俺の顔を覗《のぞ》き込んできた。

「兄貴とどこに逃げようかな？　どこか、誰も知らないところに行って、二人で静かに暮らすのもいいなぁ～」

「おいおい……」

冗談なのか、本気なのか……。

「話が飛躍しすぎだ。俺たちはまだまだ子供だし、逃げるんじゃなくて、今は耐えるほうが大事なんじゃないか？」

軽くたしなめると、晶はあはははと悪びれもせずに笑った。

「兄貴って、本当に優しいよね」

「え？　どこが？」

「誰も不幸にならないようにって真剣に考えてくれてるの、伝わってくるから」

「それは……」

「そうやって、僕や母さんたち、家族みんなの幸せを守ろうとしてくれているんだよね？」

家族の幸せ――それは俺自身が望んでいること。

必ずしも晶の望んでいることとイコールではない。

現状、家族の幸せをとるということは、晶の望むこと――つまり俺と晶が恋人以上の関係にはならないという選択になる。

でも本当はそんな対極的なものの見方ではなく、あくまで現状の問題だ。

もし今というこの時間が、状況が、もっとべつのものだったら、俺は素直に晶を受け入れていたのだろう。

「困らせてごめん。兄貴の気持ちはわかってても、僕、どうしても気持ちが抑えられなくて……」

「いや、そこは、本当に頼む――」

――俺自身が抑えきれなくなるから、とは言わないでおいた。

「あと、ごめんついでに言うんだけど……」

「なんだ？」

「それでも僕は、いろんなものを捨てたとしても、兄貴と逃げる覚悟くらいあるよって伝えたかったんだ」

「え？」

「だって僕、兄貴のことが大好きだから」

「っ――――――!?」

まったく、この義妹は……。面と向かって言いやがって。

どうしてこうも兄の心をかき乱そうとするのか。

「えへへへ、ごめんね兄貴。また困らせちゃった。でも、嬉《うれ》しいからつい」

「え？　嬉しい？　なにがだ？」

「さっき兄貴、今は耐えるほうが大事って言ってたよね？」

「ああ、うん」

「ってことは、兄貴も本当は僕との関係を縮めたくても我慢してるってことだよね？」

「っ……!?　えっと、それはだな～……」

「そう思ったら、ごめん兄貴。やっぱり僕、逆に耐えられなくなっちゃうよ～」

晶の目が急に輝いた。なんだか嫌な予感が――

「晶さん！　ちょっと落ち着こうか？　ここはお外だから――」

俺が言い終わるや否《いな》や、晶が飛びついてきた。

「──ちょっ！　おい晶、正面から抱きつくな────っ！」

「兄貴、駅までお姫様抱っこして〜」

「しない！　重い！　離れろっ！」

せめて通行人がいないことが救いだったが、これで兄妹だと誰かに言って通じる状況だろうか。

──こんな感じで、晶は今日も屈託のない笑顔でじゃれついてくる。

けれど、じつは彼女は一つ、ある大きな問題を抱えている。

＊　＊　＊

俺たちが通う私立結城《ゆうき》学園に行くためには、途中で電車に乗る必要がある。

有栖《ありす》南駅から乗車して結城学園前駅で降り、そこから徒歩五分。片道三十分足らずで到着する。

ところが、晶は有栖南駅のホーム辺りから急に静かになる。いつものことだ。

「晶、まだ慣れないか？」

「うん。ごめん……」

「謝らなくていいよ」

「ありがとう、兄貴……」

さっきまでじゃれついていたのが嘘《うそ》だったかのように、今度は俺の陰に隠れて俯《うつむ》いていた。きっと駅のホームで同じ結城学園の生徒たちが見えたからだろう。

これが晶の「お家《うち》モード」から「借りてきた猫モード」にスイッチが切り替わった状態だ。

晶は人見知りが激しい。

この「借りてきた猫モード」が発動すると、晶は俺にぴったりとくっついて離れなくなる。

いや、ある意味くっついてくるのは普段と変わらないが、じゃれついてくる活発な弟のようではなく、清楚《せいそ》で内気な妹になるのだ。

だから俺としても、いまだにこの変化に、扱いに困ってしまう。

二学期が始まって一ヶ月は過ぎているが、この晶の人見知りは依然として変わらない。

「電車、来たな」

「うん」

「乗るぞ」

晶はまた小さく「うん」とつぶやくと、俺のあとに続いた。

乗車して、俺と晶はいつものように扉のすぐ横に並んで立つ。

通勤通学ラッシュのこの時間帯は、車内はそれなりに混んでいて、いつも座席は空いていない。

乗客のほとんどはスマホを弄《いじ》っているか、仲の良い者同士小声で会話を楽しんでいる。

電車が走り出してから、かたわらで俺の袖を摑《つか》んだまま立っている晶を見た。

やはり顔を強張《こわば》らせている。

前の学校は電車通学ではなかったそうで、人の密集する電車は特に苦手のようだ。

本当の兄なら、こんなとき、妹になんと声をかけるのだろう。

「今日、晴れて良かったな？」

「うん……」

晴れていてなにが良かったのか、自分で言ったくせによくわからない。

たぶん曇りだったら「曇ってるな？」、雨だったら「雨だな？」と言っていたと思う。

もう少し気の利《き》いたことが言えたら良いのだが、ついありきたりな天気の話題に逃げてしまった。

「勉強はどうだ？　ちゃんとついていけてるか？」

「うん」

「もしわからないところがあれば訊《き》いてくれ。まあ、俺も去年の内容を覚えてる自信はないけど……」

「ありがとう、兄貴……」

会話が広がらず、そこでぱったりと止《や》んでしまった。

沈黙を言葉で埋めてしまうのは、晶のためというよりも俺自身が不安だから。

晶が俺と一緒にいて居心地の悪い思いをしていないか、そればかりがどうしても気になってしまう。

ふと窓の外を流れる街並みに目をやった。

そうして、晶のこの人見知りをどうにかできないかと思った。

人見知り――一口にそう言っても、いろいろなタイプがあるらしい。

晶の場合、一対一だと相手に嫌な態度をとってしまう（とは言っても本人が意図的にそうしているわけではない）が、対集団になると今のように縮こまってしまう。

本人がどう思っているかはべつとして、晶のこの人見知りを俺はなんとかしたい。

それは母親の美由貴さんも同じ。外での晶の様子をときどき訊《たず》ねられ、その度に俺は

「任せてください」と返答している――が、実際はなにもできていないのが現状だった。

――まあ、このままでも晶自身が気にしていなければ大きなお世話かもな……。

そんなことを考えていると、晶の頭が俺の胸を小突いた。

「はぁ～……。ごめん、今日も……」

「わかってる。充電だろ？」

「うん……。ごめん、もうちょっと、このまま……」

「大丈夫だ、大丈夫……」

晶はそのまま謝るような格好で俺の胸に額を預けた。

週明けに多い晶のこの行動は、緊張を解《ほぐ》すのに効果があるらしい。

最初のころは俺のほうが緊張していたが、最近になって少しずつ慣れてきた。ただ、慣れるのと同時に、不謹慎かもしれないが、俺の中に一つの欲求が生まれた。

この小さな身体《からだ》をこのまま抱きしめてしまいたい、と。

「ありがとう、兄貴。いつもそばにいてくれて……」

「なにせ俺は晶の充電器だからな」

「……大好き」

「あ、ああ、うん……」

今この状況で言われると、なんだか調子が狂う。

まったく、この義妹《いもうと》は……。

どうしてこうも……いや、今はただ胸だけ貸しておこう。

＊＊＊

乗車から十分ほどで結城学園前駅に着いた。

結城学園前の改札を出てしばらく歩くと、学園に向かう生徒たちに混じって、ひときわ光沢を放つようなカップル——ではなく、上田《うえだ》兄妹《きょうだい》を見つけた。

二人を追いかけるように近づくと、兄妹でなにかを話している。

「おはよう、光惺《こうせい》、ひなたちゃん」

「あ、おはようございます、涼太先輩、晶」

振り返ったひなたは、いつも通りの朗らかな表情で挨拶を返してくれた。

対して光惺はいつも通りの仏頂面《ぶっちょうづら》で俺たちを一瞥《いちべつ》すると、「うす」と短く言って、また前を向いた。

「光惺、相変わらず愛想《あいそ》がないよな、お前……」

「べつに愛想良くする相手じゃないからな」

つまらなそうに言う光惺の制服をひなたが引っ張る。

「もう、お兄ちゃん！　友達なんだから仲良くしないと！」

「あー、はいはい」

「ほらまたそういう態度をとるっ！」

「あははは……。まあまあ、ひなたちゃん、落ち着いて……」

上田兄妹はいつもこんな感じだ。

対照的な二人はたまに喧嘩《けんか》になることもあるけれど、基本的には仲が良いと俺は思っている。今のやりとりも一種のコミュニケーションなのだ。

「すみません、涼太先輩。うちの兄がこんなんで……」

「うっせぇよ」

と、光惺は怠《だる》そうに金髪を掻《か》き上げた。

「ひなたちゃんが気にする必要ないよ。光惺はいつも通りってことで」

「はい、すみません……」

ひなたは本当に良い子だ。

周りへの気遣いも上手で、俺も晶もだいぶ彼女の世話になっている。

ただ、この明るい性格だからというか、多少距離感が近いせいでどぎまぎさせられることもある。

その上、最近食事に誘われた件もあり、彼女と顔を合わせるのがちょっとだけ気恥ずかしかったりもする。……返答はまだできていない。

「そういえば二人、さっきなにか話してたの？」

「はい。来月の『花音祭《かのんさい》』の話をお兄ちゃんに訊いていたんです」

「ああ、もうそんな時期だったな。花音祭か……」

「去年はちょうど中学校の文化祭とかぶっちゃって行けなかったんです」

「そうか。じゃあ今年初めてなんだね？」

「はい。でもお兄ちゃん、覚えてない、忘れたって言って――」

ひなたがむっとしながら光惺を見上げると、光惺は「俺に訊くな」と面倒臭そうに頭を掻いた。

俺が「まあまあ」と愛想笑いを浮かべていると袖を引っ張られた。

「兄貴、カノンサイって……？」

「ああ、花音祭は結城学園の学園祭のことだよ――」

――と、晶に説明しつつ、花音祭のことをひなたにも伝えることにした。

花音祭――結城学園で毎年行われている学園祭の呼称。

二日連続開催で、一日目は在校生のみ、二日目は一般の人も来場可能。後夜祭は今どき珍しいキャンプファイヤーで締め括《くく》られる。

去年、俺と光惺のクラスはカレーショップを出店した。

黒字にはならなかったものの、良い思い出ができたね、くらいのクラスのまとまりはできていた気がする。

まあ、俺と光惺はそこまで熱心なほうではなかったが、なんだかんだで男二人で楽しく過ごしていたような記憶はあった――

「――って感じで、それなりに楽しい学園祭だと思ってもらったらいいよ」

「なんだか楽しそうですね！　ね、晶？」

「うん」

ひなたに話しかけられて、晶は少し表情が綻んでいるように見えた。

「ほらな。最初から涼太に訊いたら早いだろ？」

「ほんと、最初から涼太先輩に訊けば良かった」

「はいはい、二人ともそこまで……」

また上田兄妹が言い合いになりそうだったので、俺は間に割って入る。

「つーわけで涼太、ひなたにいろいろ教えてやってくれ」

「えっ、俺⁉」

この雑な振りは光惺の得意技である。自分が面倒だと思ったらすぐに他人に丸投げするのだ。

俺がこいつに相談すると、たいがいは「ひなたに訊け」で話を終わらせようとするので、まったくもって相談相手にならない。

まあ、実際は俺もひなたに頼りきりの感は否《いな》めない。特に、晶《あきら》の件では世話になりっぱなしで彼女には頭が上がらない思いでいっぱいだった。

「いいも～ん。頼りないお兄ちゃんの代わりに涼太先輩に訊くから」

「だってよ、涼太。頼られて良かったな？」

にやりと笑う光惺が憎たらしい。まんまと面倒事を押し付けたって感じだ。

「それで、いつから本格的に花音祭の準備が始まるんですか？」

「そうだなぁ……。去年の感じだと、たしか十月の一週目くらいにはクラスで実行委員が決まって、なにをやるかって話し合いが始まる感じかな？　部活の連中が本格的に動き出すのもそれくらいだと思う――」

――と言いつつ、あまり自信はない。

俺と光惺は花音祭を楽しむというより、花音祭の準備で授業がなくなるからそれはそれでずっと続けばいいなどと話していて、スケジュールについては無頓着だった。

「とりあえず来週あたり放課後に話し合いがあるはず……たぶん」

「わかりました、涼太先輩。またいろいろ教えてくださいね」

と、ひなたはにっこりと笑った。

そうして話しながら歩いているうちに学校に着き、俺たちは別れてそれぞれの教室に向かった。

＊＊＊

教室に入ってすぐ、俺は荷物を机に置いてから光惺に話しかけた。

俺には一つどうしても気になっていることがあったのだ。

「光惺、ひなたちゃんの件だけど……」

「ん？」

光惺はこちらを見向きもせずにスマホを弄《いじ》り続けている。

「もうちょっとひなたちゃんに対して兄貴らしくしたらどうだ？」

「兄貴らしくって？」

「えっと、もうちょっと優しくするとか……」

「してるだろ？」

「どこがだよ？」

「一緒に登校してる」

「……それ、優しさか？」

一瞬考えてしまったが、それはなんとなく違う気がする。

「うちよりお前んとこは最近どうなの？」

「まあ、相変わらず学校と家じゃ大違いだけど、家では……まあ、なんだ？　仲は良いほうだ」

「仲が良いってどれくらい？」

「ふ、普通かな～……？」

「フツーって？」

「ふ、普通は普通だ。一緒にゲームしたり、一緒に勉強したり――」

――一緒に寝たり、一緒に風呂《ふろ》に入ったり……は、日常的ではないし、さすがに普通とは違う。ただちょっとスキンシップが多めな気も……。我が家の普通？

「……なんで赤くなってんの？」

「な、なってない！」

「ふ～ん……。ま、なんでもいいけど──」

光惺は呆《あき》れたような顔をした。

「──お前の場合優しいっつーか、晶に対して過保護すぎに見えるけどな」

「そりゃまあ、兄妹だし……困ってるなら助けてやりたいし……」

「で、そうやってお前がこれからも一生面倒見るの？」

「うっ……」

俺がなにも言えないでいると、光惺は大きくため息をついた。

「兄妹だって思うならあんまり甘やかさないほうがいいんじゃね？　距離をとるほうがいいだろ、フツーの兄妹なら」

「まあ、そうかもな……」

晶に対して過保護か……。

まあ、放っておけない気持ちがあるのは確かなのだけれど、もう少し晶への接し方を考えたほうがいいのかもしれない。

俺に依存しすぎるのは晶のためにならないかもしれないな……。

よし、だったらこれからは少しずつ距離をとってみるか。

＊＊＊

翌朝。また俺はアラームが鳴る三十分前に目が覚めた。

今朝も晶はまだ来ていない。

昨日光惺に過保護だと言われたせいか、少しだけ胸の内がざわつく。

そうして少しのあいだぼーっと天井を見上げていると、昨日と同じように扉がゆっくりと開く音がした。今朝も晶が起こしにきたのだろう。

俺は目を瞑《つぶ》り、寝たふりをする。

――タイミングよく起きてやり返してやろう。

フライングボディプレスを鮮やかに避けてから背中にそのまま乗ってやるか。

頭の中でシミュレーションしていると、程なくして俺のかたわらに人の立つ気配があった。

「兄貴、起きてる……？」

晶が静かに問いかけてくる。

俺は無反応のまま、晶の次の行動を待った、と——

「大好きだよ、兄貴——……チュッ」

——俺の頬に吐息がかかったと思ったら、柔らかな唇の感触が左頬から伝わってきた。

「毎日伝え続けるから……」

一瞬びくりと反応しそうになったが、俺はくすぐったいふりをして、晶に背を向けるように寝返りを打った。

俺が知っているのはここからで、その前に起きていたことについては知らない。

「兄貴、朝だぞー……」

起こすつもりもなさそうな柔らかい声が耳元で囁《ささや》かれる。

「やっぱ兄貴の寝顔、可愛《かわい》いなぁ……」

俺は完全に虚をつかれていた。

——まさか晶は毎朝こんなことをしていたのか!? 寝ている俺にキスを!?

心臓がさらに脈打つ。

完全に起きるタイミングを逃したと思っていたら、今度は指先で俺の左頬をしきりに押し始めた。

俺は心の中でため息をついて、

「――おはよう、晶」

ゆっくりと目を見開くと、真っ赤になって焦っている晶の顔が見えた。

「ええ――――っ⁉　兄貴、いつから起きてたの⁉」

「……頬《ほ》っぺたをつんつんする辺りから――」

――と、嘘《うそ》をついておいた。

なんだか気恥ずかしくて、口に出すのがはばかられたから。

そのあとも、朝のキスの件には触れられなかったが、頬に残る唇の感触は軽い火傷《やけど》のようにじんわりと残った。

――まあ、なんだ？

距離をとる件は、そのうちってことで……。

9 SEPTEMBER

9月28日（火）

朝の日課が兄貴にバレそうになった！

寝ている兄貴にお目覚めのキス、ほっぺたツンツンからのフライングボディプレス。

私的にはこの流れがとても好き。

今朝はほっぺたツンツンで起きちゃったけど、その前のキスとかバレてなくて良かった。

バレたら兄貴に嫌われちゃうかな………？

まあ、兄貴なら「なにしてんだよ！」くらいで、そこまで怒られないかも。

とりあえずフライングボディプレスは禁止。明日からはそっとお布団に入ってみよう！

そうそう、来月は「花音祭」があるらしい！

転校してきて初めてのイベントで嬉しい！

でも、上田先輩にその話を聞いてたひなたちゃんがかわいそうだった。

上田先輩、いつもツンとしてるけど、ひなたちゃんのことが嫌いなのかな？

兄貴は「あの二人は仲が良い」って言ってたけど、本当かな？

よくわからないけど、それでもひなたちゃんは上田先輩といつも一緒にいる気がする。

今度ひなたちゃんに上田先輩のことを聞いてみたい。

ひなたちゃんにとって、「お兄ちゃん」ってなんだろう？

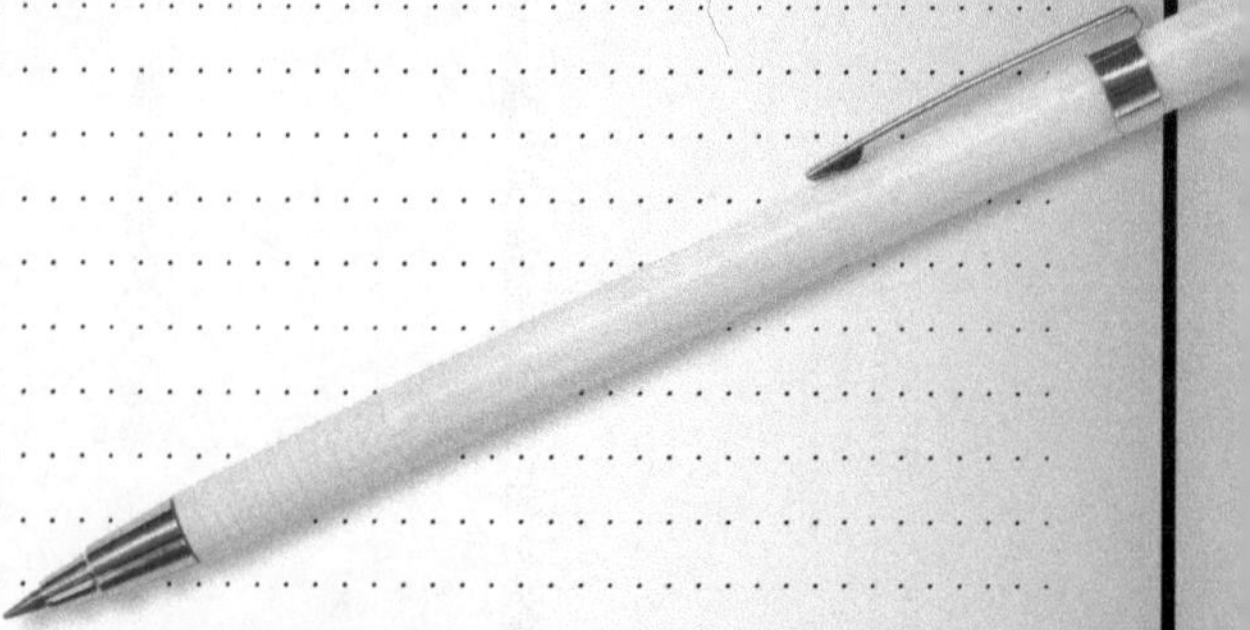

第2話「じつは義妹《いもうと》が変わりたいと言い出しまして……」

十月四日月曜日。

この日の放課後、各クラスで花音祭《かのんさい》の出し物についての話し合いが行われていた。

「──それじゃあうちのクラスの出し物は『コスプレ喫茶』で決定します」

と、うちのクラスの場合は三十分程度で実行委員と出し物が決まった。

この多少悪ふざけもありつつの模擬店のテーマは、クラスのリア充たちによって勝手に決められてしまったが、俺も光惺も取り立てて反対する意思はなかった。

「コスプレ喫茶だってさ」

俺はそれとなく光惺に話しかけた。

「ふーん」

「興味なさそうだな？」

「興味ないからな。つーわけで帰るぞ──」

光惺は机の横にかけてあった薄っぺらなスクールバッグを持ち上げた。すると、

「――あ、上田《うえだ》くん、ちょっと待って！」

光惺に話しかけたのは実行委員の星野《ほしの》という女子だった。下の名前までは覚えていない。明るくて真面目。それなりに友達は多くて、リア充たちのグループにいる子だ。

彼女はたまに光惺に話しかけている場面を目にするが、前々から光惺に気があるのではないかと俺は睨《にら》んでいた。

「なに？」

光惺は不機嫌そうに星野を見る。

まあ、光惺にとってはこれが平常運転なのだが、もう少しその言い方はなんとかならないのだろうか。

「模擬店のコスプレだけど、上田くんはどんなのにするのかなぁーって」

「べつになんでもいい」

「でもほら、貸衣装屋さんから借りるなら、希望をとらないといけないから――」

光惺は星野を無視してそのまま教室を出ていこうとする。

「――あ、待ってよ上田くん！」

星野は悲しそうな表情で光惺が出ていった扉を見つめている。

ちょっとかわいそうな気もするが、ある意味では仕方がない。……光惺だし。

まあ、あいつが最後まで話し合いに参加するだけマシなほうだと思って、それ以上は求めないほうが賢明だろう。

俺も光惺を追って教室から出ようとすると、「真嶋《まじま》くん」と引き留められてしまった。

「えっと、なに？」

「上田くんと仲が良いよね？　一緒に登下校するとこ、よく見るし」

「えっと、悪くはないかな？　まあ、付き合いは長いほうだよ」

「それで、お願いしたいことがあるんだけど……」

と、星野は胸の前で手をこすり合わせた。

「光惺がなんのコスプレをしたいか訊《き》いてほしいってこと？」

「うん……。できたら真嶋くんから訊いてもらいたいんだけど……」

「まあいちおうは訊いてみるけど、本当になんでもいいんじゃないかな？」

「なんでもが一番困るんだけど……」

「星野さんのセンスに任せるよ。──あ、俺も特に希望はないから、光惺と一緒で」

「わかった。それじゃあ考えておくね」

「うん。よろしく」

やれやれと思いながら、俺は教室をあとにした。

＊＊＊

校門で俺は光惺と合流し、晶《あきら》たちが来るのを待っていた。

かれこれ十分以上待っているが、なかなかクラスの出し物が決まらずにいるのかもしれない。

そうしてしばらく光惺と駄弁《だべ》っていると、ようやく晶とひなたがこちらに向かってくるのが見えた。

「ごめんなさい、お待たせしてしまって！」

と、ひなたが申し訳なさそうに俺に頭を下げた。

「ああ、いや――」

「ったく、遅《おせ》えよ」

「だって、話し合いが終わったら今度は演劇部の子に引き止められて――」

そのとき光惺が顔をしかめたのを俺は見逃さなかった。

「え、演劇部？　へぇ～、演劇かー！」

と、俺は慌てて話題を拾っておいた。

「はい。花音祭で公演する演劇なんですが、人数が足りなくて困っているそうでお手伝いすることになっちゃいました」

「なるほど。それで、なにをやるの？」

「『ロミオとジュリエット』です」

「へぇ～。ひなたちゃんはなにをするの？　お手伝いってことは小道具とか？」

「いえ、それが……ジュリエット役なんです」

「なるほどジュリエットかぁ～……――って、え⁉　ヒロインじゃないか！」

「あははは、そうなんです……。さすがに部員でもないから断ったんですけど、今回一回だけだからどうしてもって言われて……」

ひなたは中学時代演劇部に所属していた。

しかも俺たちのいた中学校の演劇部はけっこうガチめで、校内や地域での公演はもちろん全国大会で入賞するほどの実力だった。

そしてひなたはそこで主役もしくはヒロインを張っていた実力者。

そのことを知っていた演劇部の誰かがひなたにオファーしたのだろう。……ただまあちょっとした違和感が残る。

「断りきれなかったの？」

「はい……。――いいかな、お兄ちゃん？」

と、やはりひなたは光惺の顔色を窺《うかが》った。

「……俺には関係ないだろ？」

「それは、そうかもだけど……」

「んなことより帰るぞ――」

「あ、待ってよお兄ちゃん！」

さっさと行ってしまう光惺の背中を俺たちは追いかけた。

最近光惺に振り回されっぱなしだが、実際のところ、光惺を振り回しているのは俺たちなのかもしれないと思いながら。

＊　＊　＊

上田兄妹《きょうだい》と別れたあと、俺と晶は電車に乗った。

帰宅ラッシュ前のこの時間帯は車内が空《す》いているので、ロングシートに並んで座ることができた。

人の目が少ないとわかると、晶は「借りてきた猫モード」から「お家《うち》モード」へと徐々にシフトチェンジする。

そうして発車して間もなく、晶がおもむろに口を開いた。

「兄貴、さっきの話だけど……」

「うん？」

「ひなたちゃんが演劇部に協力するって話」

「ああ、その話か。それがどうした？」

「どうしてひなたちゃんは上田先輩に『いいかな』って訊いたのかな？」

「ああ、そのことか――」

光惺からはべつに秘密にしろと言われていないから晶になら話しておいてもいいか。

「――光惺は昔ドラマの子役だったんだよ。しかもそこそこ名前が売れてたんだ」

「えっ!? そうなの？」

「まあ、幼稚園とか小学生のころの話だけど」

「今は？　なんでやってないの？」

「あいつにとっては嫌な思い出があるらしい」

「嫌な思い出って……？」

「さあ……。いろいろあったんだろう――」

中学のときに光惺から一度だけ「嫌な思い出がある」とだけ聞いたことがある。

どんな思い出かは聞かされていないし、こちらからも訊いていない。

「――まあ、光惺が今も気にしているかわからないけど、ひなたちゃん的には光惺の嫌な思い出を掘り起こしちゃうんじゃないかって気にしたんだろうな」

「う～ん……でも、変じゃない？　ひなたちゃんは中学のとき演劇部だったんだよね？」

「ん？　まあな」

「なんで今さら演劇をやってもいいのか上田先輩に訊く必要があったのかな……？」

言われてみれば、よくわからない。

たしかに今さらだ。光惺の過去を気にしていたというのならそもそも中学で演劇部に入らなかったはず。それに、今さら光惺にお伺いを立てる必要もないだろう。

「気になるなら俺じゃなくて直接ひなたちゃんに訊いてみたらどうだ？」

「それもそうだけど、ちょっと気を使うなぁ……」

晶は少し難しそうな顔をした。俺と光惺がそうであるように、友達同士でも踏み込める、踏み込めない領域みたいなものを考えているのかもしれない。

「しっかしジュリエット役がひなたちゃんか。それは逆にロミオ役が心配だな」

「なんせ昔は光惺と一緒に子役の養成所に通ってたみたいだし、演技が上手《うま》いからな～」

「え？　なんで？」

「え？　そ、そうなの……？」

「そりゃあジュリエットを頼まれるくらいだし。それにあのルックスだろ？　中途半端《ちゅうとはんぱ》なやつが相手役だったらかなりキツいんじゃないか？」

冗談半分で「逆に主役がかわいそうになってきた」と言うと、

「うっ……。だ、だよね……。ひなたちゃんの相手役、大変だよね……」

晶は顔を真っ青にして唇を固く結んだ。

「どうした晶？　ロミオ役、誰か知ってるのか？」

「えっと、僕……」

「え？　僕、がどうした？」

「僕が、ロミオ役なんだ……」

「…………………は？」

一瞬理解が追いつかなかったが、ようやく思考が追いついてきたとき、同時に俺は血の気が引いていくのを感じた。

＊＊＊

緊急事態と言っても良いのだろうか。

家に帰って着替えた俺たちは、俺の部屋でロミオ役の件について話すことになった。

「えっと、晶、確認なんだが……。本当に、ロミオ役を引き受けたのか……？」

「う、うん……。話の流れで……」

「流れって――」

――完全に流れ弾じゃないか、それ？

「僕も強めに頼まれたんだ。ひなたちゃんがジュリエット役ならロミオ役は絶対に僕しかいないって……」

なるほど、そいつよくわかってるじゃないか――と一瞬思ってしまったが、いやいやいやと慌てて取り消した。

たしかに晶の見た目はボーイッシュでかなりの美形。

現に、俺も最初は美男子だと勘違いをしてしまったくらい晶の顔は中性的で、女子たちからも人気がある。

前の学校では女子から告白されたこともあるらしい。

ルックスだけで見たら、うちの学園でひなたと肩を並べられるのは、晶を除いて他にはいないだろう。あるいは光惺くらいか……。

その辺の男子にさせるよりはハマり役かもしれない――が、晶には一つ欠点がある。

「人前に出るんだぞ？　本当に大勢の前で演技ができるのか？」

「僕が、人見知りだからってこと？」

「ぶっちゃけ、そうだ。人見知りだから大丈夫かって心配してる」

ステージ上で、しかも大勢の観衆がいる中で、晶が主役を張るところがどうしても俺にはイメージできない。

晶を過小評価しているわけではないが、本当に演技ができるのか、一緒に過ごしている俺には心配でならないのだ。

「晶、演劇の経験は？」

「えっと、無い……」

――頭が痛くなってきたな……。

「兄貴が心配してるのって、僕が周りに迷惑をかけちゃうかもしれないから？」

「いや、周りのことよりも晶が失敗したり嫌な思いをしたりしないかってこと」

もし晶が失敗して嫌な思いをするくらいだったら、俺はここで止めるべきだろう。

ところが晶は「だからだよ」と言った。

「僕、この人見知りを直したいんだ」

「え？」

「知ってるよ。母さんたちも、兄貴も、僕の人見知りを心配してるってこと」

「そうか……。なら話は早い。晶、今からでもいいから――」

「だからやりたい！」

「晶……」

晶の目に強い意志が宿っているように俺には見えた。

普段より語勢が強いせいもあるが、その真剣な眼差《まなざ》しに押されてしまう。

「僕、兄貴たちに心配をかけたくない」

「心配、かけたっていいんだぞ？　家族なんだから……」

「ううん。家族だから僕のことで心配かけたくないんだ」

そう言うと晶は俯《うつむ》いた。

「僕、ひなたちゃんがいなかったらクラスで浮いてたと思う。今も仲良く話せるのはひなたちゃんだけだし、兄貴たちに心配をかけないように、人見知りを直して、普通に学校に通いたい」

「だとしても、いきなり主役で本当に大丈夫なのか？　主役だぞ？」

と、揺さぶりをかけてみたが「うん」と言って揺るがない。

やはり、晶の意志は固いらしい。

「ちょい役でもいいだろう？　いきなり主役を張ることはない。というか他の演劇部員たちはそれでいいのか？　部員以外に主役を任せて――」

――かなり無茶な話だ。

そもそも、ひなたにジュリエット役をオファーした件も違和感があった。

まして晶に声をかけたこと、いきなり主役を任せたことが、どうしても俺には解《げ》せない。

部として潔《いさぎよ》しとしているのなら、俺ではなくても、変だ、おかしいと感じるはずだ。

「――なんだかそっちのほうが俺は心配だな。演劇部は部として大丈夫なのか？」

「それが、演劇部なんだけど今年復活したんだって」

「ん？　どういうことだ？」

「それが、じつはね――」

――晶が説明したことをまとめるとこうだった。

俺が入学した当初、先代の演劇部員たちは三年生しかいなかったそうだ。

部員に恵まれなかったらしく一、二年生はゼロ。

去年の花音祭の公演を最後に一時休部となってしまったらしい。

そうして半年が経《た》ち、俺が二年に上がって、ひなたたち一年生が入学してきた。

一年の中でやる気のある西山和紗《にしやまかずさ》という子が新部長をやると言い始め、一年生の中から部員を掻《か》き集め、なんとか演劇部を復活させたのだという。

けれどみんな初心者で、経験者は中学のときに演劇部だった西山たった一人。

実際、活動自体も細々としたもので、今年についてはなんの公演もできていないそうだ。

そこで、花音祭での公演にあたり、中学時代に演劇部だったひなたに白羽の矢が立った。

西山とひなたは別々の中学だったが、当然というか、演劇で脚光を浴びていたひなたのことを西山は知っていた。

実際、今回の件だけでなく、ひなたは今までもずっと勧誘をされていたらしい。

そうして、なんとかひなたの説得に成功できた西山は、その過程でひなたといつも一緒にいる晶に声をかけたのだという。

「――という感じで、人手も経験者もいなくて困ってるんだって」

「なるほどな……」

いろいろとツッコみたいところはあるが、とりあえず置いておく。

ただ、晶たちを誘った理由がなんとなく想像できた。

一年を代表する二大美少女が『ロミオとジュリエット』を共演したら——それなりに話題性ができるだろう。

——話題づくり、部の活性化、部員集め……。

邪推するようだが、晶たちに主役を委ねることにした理由はそんなところだろう。

『——さすがに部員でもないから断ったんですけど、今回一回だけだからどうしてもって言われて……』

もしかすると、演劇部もなにか今回の花音祭にかけていることがあるのかもしれないが、やはり推測の域を出ないので、直接確かめるしかない。

「演劇部の事情はなんとなく想像できた。まあ、それでも怪しいな……」

「西山さんと話してみたけど、悪い子じゃなかったよ……たぶん？」

「良い子でもなさそうだな、その言い方……」

俺は晶とひなたのことが余計に心配になってきた。

「ただ、これは僕にとって変われるチャンスだと思ってるんだ」

「チャンス？　なんで？」

「僕のお父さん、中学時代は人見知りだったんだって。でも、高校に入って演劇を始めてから変わったって言ってた。そのまま演劇にハマって役者を目指したんだって」

晶のお父さんというのは、俳優の姫野建《ひめのたける》さんのことだ。しかし、あのヤクザ風の強面《こわもて》で人見知りだったというのはとても意外だった。てっきり学生時代はやんちゃなことをしていた人だと思っていたが……。

「念のため確認しておくが、晶も俳優の道《そっち》に進みたいのか？」

「そうじゃないけど、単純に、演劇をしたら僕もお父さんみたいに人見知りを克服できるんじゃないかって思ったんだ」

ひどく安易な考えのような気もするが、晶なりに自分を変えるきっかけが欲しかったのかもしれない。

以前、俺が晶の兄貴としてもっとしっかりしたい、変わりたいと思ったように、晶もまた今の自分に思い悩み、変化を望んでいるのだろう。

「やっぱり兄貴は反対？」

「今のところ、応援したい気持ち三分の一、心配が三分の二ってところだ」

俺はやれやれと思いながら苦笑いを浮かべる。

過保護もここまでくるとどうしようもないのかもしれないが、こうなったらしかたがない。

俺は晶の頭に手を置いた。

「まあ、晶が人見知りを直したいという気持ちは良いと思う——ただ、一つだけ条件というか、提案がある」

「なに？」

「俺も晶のそばで手伝っていいか？　まあ、人手不足なら演劇部も断らないと思うが——」

「えっ⁉　兄貴、手伝ってくれるの⁉」

その瞬間、晶の顔がぱあっと明るくなった。

「ま、まあ、具体的になにを手伝うかはこれから考えるとして、晶の邪魔じゃなかったら——」

言い終わるより先に晶が飛んできた。

「やったー！　ありがと、兄貴！　大好き！」

「ちょっ、こら！　正面から抱きつくなっていつも言ってるだろっ！」

——まあ、こんなに喜ばれると悪い気はしない。

俺は兄としてできることはなにかを考えて、晶の気持ちを優先することに決めた。

やめろ、と言うのは簡単かもしれない。

やれば、と言うのも投げやりな感じがする。

だったら、過保護かもしれないが、俺は晶のためにできることを全力でしたい。

——それに、演劇部の意向も気になる。真面目な部ならいいが、晶やひなたが面倒事に巻き込まれないように見張らなければ。ひとまずは——

「じゃあ晶、明日から五時半起きだ」

「……へ？　なんで？」

——晶の舞台デビューに向け、明日からできることを一緒にやっていこう。

＊　＊　＊

「——ということで、晶が花音祭でロミオ役をすることになった」

その夜、晶が風呂《ふろ》に行っているあいだに、俺は今日の一件を親父《おやじ》と美由貴《みゆき》さんに報告した。

「なるほど、それはまた……」

「すごいことになっちゃったわねぇ……」

心配そうな親父たちの様子を見て、俺も気が重たくなる。

「でもまあ、晶が変わりたいと思うのは良いことじゃないか？」

「いきなり主役だぞ？　本当に大丈夫だと思うか、親父？」

「まあ、そう言われると心配だが……」

すると美由貴さんは表情を明るくした。

「でも、晶のそばに涼太《りょうた》くんがついているのよね？」

「え？　ええ、まあ……」

「だったら心配ないわ」

「なんでですか？」

「涼太くんだもの」

そういう美由貴さんからの根拠の無い信頼は、正直キツい……。

俺はそんなに大したやつではないのに、美由貴さんはどういうわけか俺を高く評価してくれる。

「そうだな。涼太がいれば心配ないな」

「二人とも、買いかぶりすぎだって……」

謙虚でも卑下でもなく、俺は真面目にそう思っている。

俺がなにもできていないから、晶が自分から変わりたいと行動せざるを得なかったのではないかと考えていたからだ。

「いいえ、晶は涼太くんと一緒にいることで変わったわ。あの子、家の中であんなに明るくなったもの」

「たしかに前よりはそうかもですが……」

「そうだ。家のこともやってくれるようになったし、俺のこともおじさんじゃなく『太一《たいち》さん』って呼ぶようになったんだぞ？　くぅ――――！」

あ、そこは気づいていたのか。

というか、『太一さん』って呼ばれただけで嬉《うれ》しそうにガッツポーズする親父の姿は見たくなかったな……。

呆《あき》れて親父を見ていると、美由貴さんは満面の笑みをたたえた。

「晶はきっと涼太くんのことが大好きなのよ」

「え⁉　そ、そうですかねぇ～……」

俺は、あからさまに動揺してしまった。

きっとというか、すでに晶から「大好き」以上の言葉を言われてしまっている身としては、この手の話題は身内から振ってほしくなかった。

もちろん「家族として」という意味だと理解しているが、そうだとしても、美由貴さんはもう少し言葉選びに慎重になってほしい。

俺だって年頃の高校生なのだから……。

「にひひひ、照れることはないぞ～？　涼太も晶のことが大好きだろ？　だったら――」

「親父は黙れ」

「なんでっ⁉」

単純に、親父にその手の話題を出されるのも腹が立つ。そのニヤけ面《づら》も……。

それともこれは俺が気にしすぎなのか？

なんだか自分一人でもんもんと悩んでいるのが馬鹿らしくなってきたな……。

そこで「上がったよ～」という声とともに、晶がタオルで髪を拭きながらリビングに顔を出した。

「三人でなに話してたの？」

「ああ、じつは今日の演劇の件を報告――」

「晶は涼太くんのことが大好きよね？」

——って、ちょっとちょっと美由貴さん⁉

すると晶はキョトンと首を傾《かし》げた。

「え？ 大好きだけど、今さらなに？」


「っ————⁉」

おいおいおいおい————！

晶、いきなりお前、なにを言って——

「涼太に晶のことを好きかって訊《き》いたら、黙れって言われたんだ……」

「太一さんカワイソー……。そこまで言うことないのにねー」

——どうなっている？ いやほんと、どうなっているんだ、これ……？

晶、まさか親父たちに言っちゃったのか？ 俺たちの関係を……いやいやいや。

頭の中が混乱してきた……。

「ああ、まさか兄貴、恋愛のほうの『好き』って思っちゃったの？」

と、晶はにやりと笑った。

「え、いや、ちがっ、そうじゃなくて……」

「そんなの家族としてって意味に決まってるじゃん」

俺以外の三人は大笑いしていたが、俺からは絞り出したような笑いしか出てこない。

──なんだ、そういうことね……。

最初から意識しすぎていたのは、俺だけだったらしい。

そこで話が終わったら良かったのだが──

「それで……兄貴は僕のこと、好きなの？」

──と、晶が真顔で訊いてきた。

こいつ、この場の流れを利用してなんてことを訊いてきやがる……。

「ねえねえ、どうなの兄貴？」

「涼太くんも大好きでしょ、晶のこと？」

「ほらほら涼太、本当のこと言っちゃえよー」

「ぐっ……!?」

こ、こいつら……。どいつもこいつもニヤニヤしやがってー……。

「んなわけあるか――――っ！」

――からの、エスケープ。

これは、アレだ。小学生がよくやるやつだ。

周りから「あの子のこと好きだろ？」と問い詰められて、恥ずかしくなって逆に「嫌い」と言ってしまうパターンのやつ。

まさか家族にされるとは思ってもみなかったが……。

＊＊＊

「――け、傑作！　あ、兄貴の、あのときの、真っ赤な顔、あはははははは――！」

二十分後、晶は俺の部屋のベッドの上で馬鹿笑いしていた。

「だからあれは、ああいうのに免疫がなくてだなー……」

なおも笑い続ける晶にだんだん腹が立ってきた。

「というか晶！　お前、さっきのアレ、わざとやっただろっ！」

「あはははは、ごめんごめん！　だって兄貴の反応が面白くってついつい」

「ついじゃない、ついじゃ……。まったく……」

もちろん過剰に反応しすぎた俺にも原因はあるが、それにしても、それにしてもである。

「でも、あの調子じゃ兄貴のほうがバラしてるのと一緒だよ？」

「うっ……。そ、それはそうかもしれないが……」

「もっと自然体になりなよ」

「わかってるけどさ……」

「やっぱり僕に慣れる必要があるよね？　だからもうちょっと訓練しておこっか――」

すると晶は手にしていたスマホをそっとベッドの上に置き、俺の前までやってきて、目の前で正座した。

「はい、『晶のことが好き』って言ってみて」

「は、え!?　なんでそうなる!?」

「言い慣れてないからああいうときに固まっちゃうんだよ。――だからはい、訓練だから」

「いや、訓練でも、それは、なぁ～……」

歯切れの悪い俺に対し、晶は真剣な目で見つめてくる。

「大丈夫、恋愛的な意味じゃないってわかってるから」

「でも、それは……」

「はい！　早く！」

「どうしても言わなきゃダメか？」

「どうしても言わなきゃダメ！」

「どうしても？」

「どうしても！」

晶にふざけている様子はない。ただ真剣に、俺の目をまっすぐに見据えてくる。

だから余計に視線のやり場に困る。

「一回だけでいいから」

「その一回が俺にとってはハードルが高いんだよ……」

「早く」

「急《せ》かさないでくれ……」

言うべきか、言わざるべきか、あえて言うなら、言いたくないというべきか……。

いや、これは訓練だ、訓練。

いちいち気にしていても仕方がないか……──

「──一回だけだぞ？」

俺は覚悟を決めて、居住まいを正す。

緊張で喉がカラカラに渇いていた。鼓動は速く、顔がすでに熱を帯びているのを自分で感じる。額から汗までかいてきた。

「すぅー……はぁー……」

何度も大きく息を吸い込み、吐いて、心と身体《からだ》を落ち着かせる。

若干の間が空き、俺は晶の目をまっすぐに見返した。

晶はなおも真剣で、その大きな澄んだ瞳に俺の姿が映るのが見えた。

「晶……」

「なに？」

「俺は、お前のことが……」

「うんうん、その調子！」

「す、すす……」

「す？　す、なに？」

「す……──」

──………………ん？

そのとき、さっきまで晶が座っていた場所にスマホが転がっているのが視界に入った。

裏を向いてはいるが、ディスプレイと布団《ふとん》の隙間からわずかに光がもれている。

着信か、なにかアプリが起動しているだけかもしれないが……――

「――んんっ⁉」

「兄貴、どうしたの？」

「……晶さん、ちょっとそのままでよろしいですか？」

「へ？　なんで敬語？　って兄貴、どこに行くの――」

俺は立ち上がり、晶のスマホを摑《つか》んでディスプレイを見たのだが――

「あ――！　それはっ！」

晶はあからさまに動揺しているが、理由はこれ。

――やっぱり、そういうことか。

「……おい、なんで録音アプリが起動してるんだ？」

「え？　あははは……。えっと、ほら、録音した声をあとで聞いて確かめる的なやつ……」

「お前っ！　俺の『好き』って声を録音してなにするつもりだぁ――――！」

「ひっ！　ご、ごめんって！　つい魔が差しちゃって――――！」

――やはり、油断も隙もない義妹《いもうと》には感心はするが、まったくもって共感はできない。

俺は明日から厳しめに晶の特訓をしていこうと心に決めた。

10 OCTOBER

10月4日（月）

今日、演劇部の西山和紗ちゃんに演劇に誘われた！

ひなたちゃんが誘われてたから、なんとなく流れでって感じかと思った。

でも、ロミオとジュリエットのロミオ役……。いきなり主役をやってほしいと言われてしまった……。ぜったい私の見た目で判断したよね、それ？

ひなたちゃんのジュリエット役はカワイイからわかるけど……。

でも断りづらい雰囲気だったし、和紗ちゃんはなんだか焦ってる感じに見えた。

明るくて、ちょっと強引な感じな子だけど、悪い子ではなさそう……たぶん。

ちょっと驚いたけど、いいきっかけになるんじゃないかなって思った。

お父さんが前に言ってた。高校の演劇で人見知りが直ったって。

自分の人見知りを直したいとずっと思ってた。

この性格だと友達もつくれないし、兄貴や母さんたちが心配するし……。

だいぶ周りに気を使わせているんだと思う……。

とにかく、このままじゃイヤだ！

変わりたいって兄貴に相談したら、一緒に手伝うって言ってくれた。嬉しいー！

さすが兄貴優しくて頼りになるー！

どうして兄貴は、こんなに私のことをキュンとさせちゃうの？　大好きすぎる！

お返しじゃないけど、私は兄貴のためにも変わるんだ！

第3話「じつは義妹と練習を開始いたしまして……」

「はぁ、はぁ、はぁ……兄貴、ちょっ、待っ……」

「ほら晶《あきら》！　あとちょっとだー！」

「うへぇ～……きついぃ～……」

朝の澄んだ空気の中、俺と晶はランニングをしていた。

ランニングといってもそれほど本格的なものではなく、家の近くをちょっと走るだけ。

念のため走る前にバナナを一本ずつ食べ、準備運動をしてから走り出したのだが、

「兄貴ぃ～、もう無理ぃ～……おんぶ～……」

と、晶は情けなくも十五分も経《た》たないうちに音を上げていた。

「まだ半分だ。今日から週五で三十分走るって決めただろ？」

「でもでもぉ～……」

「ほら、甘ったれるな！」

こうなるに至った最大の理由は、俺たちのこの三ヶ月間のダラダラ生活にある。

俺と晶は家にいるときほとんどなにも運動をしていない。

基本的に体育の時間に運動をする以外は、ゲームをするか漫画を読むかという生活で、運動とはほとんど無縁の生活をしていた。

「なんで朝から三十分も走らないといけないんだよぉー……」

「だから昨日説明しただろう?」

——理由は二つ。

一つは、もちろん演劇のための体力づくり。

舞台で動き回る上に、そこに発声が加わるとなると、想像以上に体力がいるらしい。

俺はそのあたりは詳しくないが、そういえば前に親父《おやじ》から、舞台で活躍する役者さんの多くは普段から体力づくりに勤《いそ》しんでいると聞いたことがあった。

演劇の発表は約三週間後。本格的な稽古も始まっていくだろうから、今の状態だと本番までにへろへろになることは目に見えている。

そういう理由で、なんとか本番までに晶に体力をつけてもらうことが目標である。

そして、もう一つの理由は発声を良くすることだ。

舞台で声を張るとなるとかなり肺活量もいるだろうと俺は懸念《けねん》していた。

実際に走らせてみてわかったが、やはり息切れが早い。今の状態で一時間以上の舞台をこなすとなると、クライマックスを迎える前に声が出なくなるかもしれない。

――それらの理由もあって朝のランニングに加え、夜の発声練習までのプランを俺は昨晩のうちに練っていた。ところがさっきからずっとこの調子だ。

小さな子供が親に置いていかれそうなのを必死に追うがごとく、晶は俺の背中を「待って！　待って！」と連呼してついてくる。

ただまあ、なんだか父親になった気分で、可愛《かわい》いし、おんぶしたくなる……いやいやいやいや、俺は昨日心を鬼にすると決めたのだ。

「ほら、頑張れ頑張れ！」

「ううっ……兄貴ぃ～……」

「そんな甘えた声を出してもダメだ。自分でやるって決めたんだろ？」

「わかってるけどぉ～……」

「ほら、あと十分だ」

「兄貴の鬼畜ぅ～！」

「人を格ゲーでハメ倒すお前が鬼畜とか言うな――」

――とは言いつつも、多少ペースを落としてやるか……。

「もう少しだ、頑張れ」

「はぁ、はぁ、はぁ……」

「もうちょっとでゴールだからな」

ぜぇはぁとせわしなく息をする晶と並走して、なんとか家の前までたどり着いた。

「よし、到着～」

「はぁ、はぁ、はぁ～……き、きつかったぁ～……」

晶は膝に手をつき肩で息をしている。

「大丈夫か晶？」

「ヤバい……。というか、兄貴は、どうして、そんなに、平気なの……？」

「まあ、これくらいは。俺、元バスケ部だし」

「兄貴が？　嘘《うそ》だろ～……」

「嘘をついてどうする？　さ、終わったらクールダウンだ。このまま歩くぞ」

「うへぇ～……」

実際のところ、それほどきつくはない。

本当は五キロ走る予定が、晶が想像以上にへばっていたので、途中でコースを短めに変えた。さらに言えば一キロを七分から八分ペースでいきたかったが、最初の十分でそれは無理だと判断。

約三キロメートルを三十分――一キロだいたい十分ペースだから、ランニングというよりもジョギングに近い。

そんなわけで、俺としてはゆっくり走るというか、走ってる風というか、ちょっと早歩きをしているような、そんな感覚だった。

それにしても、晶がこんなに体力がないとは思ってなかった。

ショートカットで活発そうな見た目に反して、体力は意外にないらしい。やはり日頃のダラダラ生活が響いているのかもしれない。

ただまあ初日から飛ばしすぎて晶に嫌な記憶を植え付けてもかわいそうだ。

――少し励ましておくか。

「よく頑張ったな、晶。最初からあのペースについてくるなんてなかなかできないぞ？」

「ほ、本当？」

「ああ。初日にしてはやるじゃないか」

「えへへ、やった……兄貴に、褒められた……」

アスファルトの地面に尻餅《しりもち》をついた晶は、Tシャツをめくり上げて額を流れる汗を拭いた。しかし――

「晶、み、見えてるから隠せ！」

「え？　なにが？」

「だから、Tシャツの下っ！」

——Tシャツが汗で濡《ぬ》れて透けてしまっているのはまだ仕方ないにしろ、Tシャツをめくりあげたせいで、白い腹と黒い下着が少し見えてしまっている。

「そんなに気にしなくても……。これ、スポブラだよ？」

「いや、だとしてももうちょっと人目を気にしろよ……」

「あははは、ごめんごめん、兄貴にはちょっと刺激が強すぎたかな～？」

刺激というよりも不意打ち。

本人も無自覚なので、本当に困る……。

「じゃあ僕、先にシャワー使わせてもらってもいい？」

「ああ……」

するど晶はにやりと笑い、

「……一緒に入る？」

と試すように言ってきた。

「思い出させるなよ……」

「あははは、じゃあお先～」

羞恥と後悔——多少薄らいではきたが、あの背中の感触はなかなか忘れられない。

＊＊＊

その日の放課後、俺は晶とひなたと一緒に演劇部の部室に顔を出した。

演劇部の部室は教室棟とは反対側の特別棟にあって、普段は移動教室がない限り、俺はあまり近づいたことがない。

特別棟は理科室や家庭科室などがある棟で、吹奏楽部や手芸部などの文化系の部活や同好会などが主に使用している。

演劇部の使用している教室は三階の端、ちょうど音楽室の真下にあった。

軽くノックして扉を開くと、すでに集まっていた演劇部員たちが教室の真ん中の机でなにかを話していた。

「こんにちはー。和紗《かずさ》ちゃん、いる？」

面識のあるひなたが先に入り、晶と俺はそのあとに続いた。

「ひなたちゃん、待ってたよー！　晶ちゃんもようこそっ！」

——この子が部長の西山《にしやま》和紗か。

見た目は小柄で、目のくりっとした可愛らしい印象の子だった。

「あれ？　あなたは二年生さんですか？」

「ああ。真嶋涼太《まじまりょうた》。ここにいる姫野晶《ひめの》の義理の兄貴だよ」

「真嶋……あ！　あなたが噂《うわさ》のお兄さんですか⁉　はじめまして、西山和紗です！」

「よろしく。……ん？　噂？」

「あ、気にしないでください、こっちの話ですのでー！」

どんな噂なのか気になるが、まあいい……。

「ところで真嶋先輩はなんでここに？」

「和紗ちゃん、涼太先輩が演劇部の活動を手伝ってくれるんだって」

俺が言うよりも先にひなたがさらりと説明してくれた。

「本当ですか⁉　いや～、男手が足りなくて困ってたんです～！　やった～！」

西山はそう言うと、嬉《うれ》しそうに飛び跳ねていた。

今のところ、ちょっとリアクションの大きい子だなぁという印象。

まあ、晶の言うように悪い感じはしない。

「それじゃあ部員を紹介しますね。右から、伊藤天音《いとうあまね》、高村沙耶《たかむらさや》、早坂利歩《はやさかりほ》、南柚子《みなみゆず》です」

それぞれ丁寧にお辞儀をしてくれたが……顔と名前を一致させるのに少し時間がかかり

そうだ——と、ここで一つ問題があることに気づいた。

今この場に男は俺一人。

てっきり男子部員もいるだろうと踏んでいたが、どうやら部員は全員女子のようだ。

こういう女子の輪に入ることなんてできないだろうから、

「俺はどっちかっていうとたまにサポートするだけで、あまり戦力にならないかもしれない。俺にもできそうなことがあれば言ってくれ」

と、前置きをしておいた。

そもそも俺の目的は晶のサポートをすること。

そのことは口には出さないが、あくまで演劇部の手伝いはついでだ。

ただ、西山はにっこりと笑顔になって、

「わかりました、じゃあどんどんお仕事振っていきますね♪」

と、胸の前で手を合わせた。

なるほど、リアクションが大きい上にちょっとクセの強い子だな、と心の中で思いつつ、
そばにいる晶にそれとなく目をやった。

晶はさっきから俺の背中に隠れて、左肘のあたりをしきりにさすっている。

こうしたコミュニティーに属していない晶には苦手そうな空間だが、本当に大丈夫なの

だろうか。

とりあえず、晶の様子を見守りつつ、困ったらそれとなく助け舟を出すとするか。

「和紗ちゃん、台本はもうできてる？」

「もち！　うちの副部長はめっちゃ優秀だからねぇ～」

西山は先ほど紹介した伊藤天音という眼鏡でちょっと地味な印象の子を引き出した。

「和紗ちゃん、恥ずかしいよぉ～……」

褒められたせいか、伊藤は真っ赤になってきょろきょろと視線を泳がせていた。晶ほどではないがこの子もたぶん照れ症なのだろう。

西山は伊藤に構わず続ける。

「台本は予備もありますから、お兄さんも一部持っていってください」

「いいのか？」

「もちろん。あと、入部届けを準備しておきますので――」

「いや、それは要らない」

「チッ……」

なるほど、クセが強いというより曲者《くせもの》だな……。

とりあえず西山の人となりがある程度わかったので、晶たちが無理やり勧誘されないかどうかだけ見張っておくか。

その後、俺たちは軽く顔合わせ程度に話をしたあと、配役を確認し、今後のスケジュールについて話をした。

基本、晶とひなた以外の演劇部員たちは一人二役。

俺は伊藤と一緒に裏方の大道具や小道具、衣装なんかの準備を手伝うことになったのだが、ちょっと問題がある。

「……なあ西山、俺、やることけっこう多くないか？」

「ガッツです！」

根性論かよ……。まあいい。

今日は諸々《もろもろ》の雑務を演劇部員でしなければいけないらしく、本格的な稽古は明日から開始するらしい。今週の土曜日は午後から夕方まで日曜日は休み。

ステージを借りられる花音祭《かのんさい》の週は体育館で通し稽古、それ以外は部室（演劇部の使用しているこの教室をそう呼んでいるらしい）で稽古をするとのことだった。

俺は話を聞きながらそれとなく西山と伊藤以外のメンバーの様子を観察した。

けしてモチベーションが低いというわけではなさそうだ。

西山は……まあ例外だとしても、伊藤を始めとした四人は真面目そうな子ばかり。

ただ、あまり活発そうには見えない。どちらかというと文芸部っぽい。

もともと文芸部だった人たちを無理やり西山が演劇部にしたという感じも否《いな》めないが、実際のところはどうなのだろうか……。

そんな感じで一通り打ち合わせも終わった。

晶とひなたはセリフが多いため、なるべく家で覚えてくるように言われていた。

差し当たって俺がすることもおおよそ決まったのだが――

「真嶋先輩、他にもたぁ～っくさんお仕事を準備しておきますので、明日からよろしくお願いしますね♪」

「あ、ああ……」

――この雰囲気だと容赦なく振ってきそうだな……。嫌な予感しかしない……。

＊＊＊

その日の帰り道、晶とひなたと下校しながら演劇について話しながら帰った。

俺は女子二人の間で台本を改めて開いた。

「それにしてもやっぱり二人のセリフが多いな……。こんなの、二週間ちょいで覚えられるのか？」

「実際は演劇部の子たちのほうが大変ですよ。ナレーションの伊藤さん以外は一人二役ですし」

「まあ俺が出るわけじゃないからいいけど、晶は大丈夫か？」

「僕、ちょっと不安になってきた……」

晶も俺が手にしている台本を覗《のぞ》きこみながら愕然《がくぜん》としていた。

「大丈夫ですよ。お稽古が毎日あるので、家で練習したら自然に覚えられると思います」

「そんなもんか？」

「それに伊藤さん、言いやすいようにセリフをアレンジしてくれてるみたいなので。例えば――」

そう言うとひなたは晶と同じように俺に身を寄せてきて、

「――ことか、本当はもう少し難しい言い回しなんですけど、割と読みやすく変えてくれてるみたいですよ」

と、台本の一文を指差す。

「へ、へぇ～……」

すっかり肩と肩が触れてしまっている。

ひなたはまったく気にしていないようだったが、俺はなるべく気にしないように努めた。

こういう彼女の距離感の近さにはやはりまだ慣れない。晶とはやはり違う。

「ひなたちゃん、よくそんなことわかるね？」

「小学二年生くらいのときに一度『ロミオとジュリエット』を観に行ったことがあるので」

「そんな小さいときのことを覚えてるの？」

「はい、なんとなく。ここ、好きな場面なんです――」

するとひなたは俺たちから二歩、三歩と離れ、大きく息を吸い込んで――

「――私たちの恋のつぼみは、夏の息吹《いぶ》きに誘《いざな》われて、次に会うときはきっと美しく花を咲かせるわ。それまで、少しだけ待って……」

――と、いきなりジュリエットのセリフを身振り手振りを加えて演じてみせた。

張りがあってなおかつ透明感のある声が俺の耳に響いたとき、それは脳を介さずに直接俺の心臓へと届いた。

たかがセリフ——けれどひなたがそれを口にすると、どうしてここまで心臓がぎゅっと摘《つま》まれたようになってしまうのか。

一瞬気が遠くなりそうなのを抑えて、俺は晶に、

「ほ、ほら、次はロミオの番だぞ？」

と、無理やり振った。

「え、僕⁉　えっと……——わ、分かった、誓いは取っておく。で、でも僕は君の答えを、聞いていない……」

晶は照れながらも棒読みでセリフを読むと、ひなたはそのまま演じ続ける。

「だって、それは最初に聞かれてしまったわ。二度目はさすがに恥ずかしいの……」

「お、お願いだー、もう一度だけー……」

するとひなたは胸のあたりで祈るように両手を握った。

ひなたの目はすでに潤んでおり、悲しいのか、嬉しいのか、切ないのか……頭の先からつま先までが、ダイレクトに感情を伝えてきて——

「なによロミオのバカ……でも、愛して。私が好きなら、私を、信じて……」

──俺も晶もその一言で真っ赤になって絶句した。

ただ、念のために言っておく。

ここは道端である。

「──って感じで……えっと、お二人ともどうしたんですか？」

「…………」

「…………」

単純に、俺と晶は照れていた。

ひなたと別れた後、俺と晶は家に帰るまで、なんだかそわそわと落ち着かなかった。

堂に入るというか本気というか、そんな演技を間近で見せられたせいかもしれないが、ひなたが可愛《かわい》いだけでなく綺麗《きれい》だと思った感は否めない。

＊　＊　＊

その夜、夕食をとってお互いに風呂《ふろ》に入ったあとに、俺と晶はさっそく台本の読み合わせをすることにした。

その前に、まず基礎知識から──

「それで、晶は『ロミオとジュリエット』についてどの程度知ってる？」

「う～ん、詳しくは……。話の流れはなんとなくしか知らない」

「俺もだ。じゃあちょっとあらすじを読んでおくか。伊藤って子が手を加えてるって話だし、原作とちょっと違うかもしれないしな」

さすがあのクセの強い西山が褒めるだけあって、伊藤の台本は細かい設定とともに、あらすじまで丁寧に添えられていた。

「じゃあ読むぞ──」

──『ロミオとジュリエット』

言わずと知れたウィリアム・シェイクスピアの名作である。

舞台は十四世紀のイタリアの都市ヴェローナ。

いがみ合う二つの名家が血で血を洗う抗争を繰り返していた。

夏のある晩のこと、ロミオは友人たちに誘われて、敵対する相手の家で開かれていた仮面舞踏会に忍び込んだ。そして、そこで運命の女性ジュリエットと出逢《あ》う。

恋に落ちた二人はお互いのイニシャルの入ったハンカチを交換し合い、再会を約束して別れた。

数日後、ジュリエットの家に忍び込んだロミオは、バルコニーの下で彼女の独白を聞く。

「ああ、ロミオ。あなたはどうしてロミオなの？」

ジュリエットは恋した相手が敵対する家の息子と知って嘆いていた。

たまらずロミオは彼女の前に姿を現し、二人は愛を誓い合うのだった。

翌日、ロミオから相談を受けたロレンス神父は、二人の恋に、両家の争いに終止符を打つ希望を見出《みいだ》した――

「――ってところまでが第一幕だそうだ。二幕構成みたいだな」

晶の顔を見るとうっとりとした表情を浮かべていた。

「はぁ～、ロマンチック……。家柄という障害を乗り越えて結ばれる二人かぁ～」

「浸ってるところ悪いんだけど、続きを読むぞ――」

――だが、その帰り道、ロミオは両家の争いに巻き込まれ、殺人を犯し、町から追放されてしまう。

そしてその出来事のすぐあとに、ジュリエットは両親に結婚を決められてしまった。

ロミオを深く愛しているジュリエットは結婚から逃れるために、ロレンス神父の元へと相談に訪れる。

神父の指示に従い、仮死状態になる薬を飲んだジュリエットは、翌日死体として墓地に安置された。

そうとは知らずに、ジュリエットが死んだと思い込んで墓地にやってきたロミオは、ジュリエットの死を嘆き悲しみ、その場で毒を飲んで死んでしまう。その直後に目覚めたジュリエットもあとを追い、ロミオの短剣で自らの胸を貫く。

両家の夫妻は、この悲劇の原因が自分たちにあると認め、ついにいがみ合う二つの名門は和解した。

そんな、愛と悲劇の物語——


「——だそうだ。二幕目でまさかのバッドエンドだな?」

俺があっさりとそう言うと、晶は頬をプクっと膨らませた。

「なんでそうなるのさ? ひどくない?」

「俺じゃなくてシェイクスピア大先生に言ってくれ」

「ダメだよ、愛し合う二人が結ばれなきゃ！　ハッピーエンドしか勝たんってやつ！」

「あ～……。まあ天国で一緒になったパターンのやつだろ？　――この台本にはないみたいだけど」

「パターンで済ますなよ～……」

俺に言われてもなぁと頭を掻《か》いていると、

「兄貴はこの結末に納得できるの？」

と訊《き》かれたが、なんとも答えようがない。

「ただの演劇なんだし、台本通りが一番だろ？」

「でもでも～」

晶はそのあとまた少しむくれていた。

しばらくしてようやく納得したのか、「はぁ～」と大きなため息をついた。

「じゃあ頑張って台本を覚えるよ」

「そうだな。その前に発声とか滑舌の練習をしなくて大丈夫か？」

「発声の練習？」

「練習というかトレーニングだな。腹筋とか背筋しながら声を出すと良いらしいぞ」

「うへ～……朝から走って、今度は筋トレ？」

「やっぱり鍛えるほうがいいだろうな。俺も付き合うよ」

「わかった……。あと、滑舌の練習はなにをしたらいいの？」

「まあ、早口言葉とかじゃないか？　試しに――生麦生米生卵！　ほら、言ってみろ」

「それくらい簡単だよ――」

するとは晶はすうっと息を吸って、

「――にゃ、にゃまムギー！　あ……」

と、いきなり噛《か》んだ。

「…………」

「…………」

晶は顔を紅潮させているが、俺はひどく冷静な顔で晶を見た。

「晶……もっかいだ」

晶はまた息を吸って、

「にゃまムギにゃまゴメにゃまタマゴー！」

と、やはり噛み噛みだった……。

「……麦と米と卵は合格だ」

俺がそう言うと、晶は真っ赤になった顔をさらに赤くした。

しかし、なんだろうか、この癒《いや》される感じは……。

俺はなぜかほっこりとした気分になった。

10 OCTOBER

10月5日（火）

今日は朝からランニング……ってマジ？　って思ってたら、マジだった。

兄貴とちょっと早めに起きて早朝ランニング。

びっくりするほど体力のない自分に引く……。

兄貴が元バスケ部だって聞いて驚いたけど、なんとなく納得がいった。

兄貴、細いように見えて筋肉はついてるし、男の子っぽい体をしているし。

とりあえず、兄貴と同じ生活をしているのに悔しい自分がいる。

明日からも頑張らないと！

学校で台本をもらってきた。

演劇部の人たちは話したことなかったけど、みんな良い子そうで良かった……。
でも、兄貴がなにかするんじゃないかと心配……。

女の子ばっかり……兄貴、よりどりみどりじゃない？
おまけにひなたちゃんまで……。

ちょっと嫉妬しちゃったけど、兄貴は特に興味なさそうで安心した。

そうそう、伊藤天音ちゃんって子と少し話した。落ち着いていて、
しっかり者で、一緒にいてなんだか安心する。天音ちゃんみたいな子に私もなりたい。

早く他のみんなとも仲良くなりたいな。

夜は兄貴と台本を読んで、ちょっと病んだ……。

なんとなくそんな感じの話だったかなぁくらいに思ってたけど、
バッドエンドはやっぱりキライ……。でも、やるしかないか。

ただ、私が声を大にして言いたいのは、ハッピーエンドしか勝たん！　ってこと。

第4話「じつは義妹《いもうと》が壁にぶち当たりまして……」

「にゃまムギ事件」の翌日。

この日も朝から三十分間のランニング——というかほぼジョギングからスタートした。

放課後は演劇部に混ざって、発声の練習やセリフ読みの稽古に励む。

俺は西山《にしやま》から『真嶋《まじま》パイセンのやることリスト♥』とやらを無理やり渡され、晶《あきら》たちが稽古している片隅で、伊藤《いとう》と一緒に準備を進めつつ、晶たちの様子を端《はた》から見ていた。

「——ぼ、僕はゆうべ夢をみた。星の夢……だった……。ま……真っ暗な空をとぶ星なんだー。け、今朝からずっとその流れ星のことを考えている……」

まだたどたどしい晶の読みに対し、ロミオの友人マーキューシオ役の高村《たかむら》は、

「——なんだ、星か。星がどうしたんだ？」

と、男性に寄せた低い声ではっきりと表情豊かに読む。

伊藤から聞いた話によると、演劇部は公演こそしていないものの、じつはこの半年のあいだずっと朗読劇というものをしてきたらしい。

一見落ち着いているように見える西山以外の部員たちも、なかなかにやるようだ。

「――マー、マーキューシオ、僕は人の一生というものは――……夜の空に流れる星が描く、せ、線分のようなものだと思うよ……。始まりと終わりのある直線だ――」

当然というか、二人の間には明らかな差があった。

そして晶がセリフを読むたびに、なぜか俺にまで緊張が走る。

それはひなたも感じていたようで、晶の隣で顔を強張《こわば》らせていた。

俺は心の中で晶に頑張れと応援するのだが、そうするとこっちはこっちで手がつかない。

そんな感じでこの日の稽古は、とりあえず台本を一通り読んでお開きとなった。

帰宅後、晶は発声のための筋トレをし、そのあとは寝るまでのあいだ俺との台本の暗記
――というなかなかハードな一日だった。

すっかりくたくたになった晶は、台本読みの途中でうとうととまどろみ始め、気づくと俺のベッドで寝ていた。

晶にそっと布団《ふとん》をかけてやり、俺は机で台本を一通り読み、せめて晶のセリフだけ頭に入れておこうと思った。

――それにしてもセリフが多いな……。

一通り読み終えて、改めてそのセリフの量に驚かされたが、これでもだいぶ伊藤が削っ

たり直したりしてくれていて読みやすくはなっているらしい。

──晶、頑張ろうな。

疲れて眠る晶の頭をそっと撫《な》でてから、俺は床で毛布にくるまって眠りについた。

そんなめまぐるしい生活も二日が過ぎると、晶もだんだん慣れてきたらしい。

朝のジョギングも、ランニングとまではいかないが、初日に比べると少し速くなった。

演劇部との稽古も、一生懸命に声を出している。

ふと、隣で衣装の準備を一緒にしていた伊藤が口を開いた。

「晶ちゃん、初日に比べると声が出るようになりましたね？」

「ああ。発声の練習、うちでもやってるからな」

「真嶋先輩はいつも晶ちゃんの練習に付き合ってあげているんですか？」

「まあな。ただ、なかなかセリフが覚えられなくて、どうしたらいいもんかねぇ～って感じで」

冗談交じりにそう言うと、「すみません」と伊藤が申し分けなさそうに頭を下げた。

「なんで伊藤さんが謝るの？」

「セリフは覚えやすいようにしたつもりだったんですけど……」

「ああ、いや、それについてはほんと助かってるよ」

そのあと台本をベタ褒めすると、伊藤は照れくさそうにしていた。

「もしセリフが飛んじゃったら、アドリブでも大丈夫だよって伝えてあげてください」

「いいのか?」

「はい。お芝居は生物《なまもの》ですから、止まるよりは流すほうが大事です」

「まあ、アドリブのほうが相当難易度は高いと素人《しろうと》の俺は思うけど……」

だからまずはきっちりと台本を頭に入れること。ただ——

「——セリフを覚えられないのは、量的なところともう一つ……」

「もう一つ? 量以外になにかあるんですか?」

「いや、それがなんなのかわからないんだな、これが……」

兄の贔屓目《ひいきめ》に見ても、晶はかなり努力していると思う。

夜遅くまでセリフを覚えようと頑張っているし、あれだけ好きな漫画やゲーム類なんかにも手をつけていない。

そもそも晶は学校の成績が良い方だと美由貴《みゆき》さんから聞いていたから、どうしてセリフが覚えられないのか俺には皆目理解できなかった。

——さて、どうしたものか。まあ、まだ時間はあるから焦《あせ》る必要もないか。

「ところで伊藤さんは練習に参加しなくてもいいの？」

「ええ、今のところは。私は完全な裏方ですし、ナレーションなので当日は台本を見ながらで大丈夫なんです」

「そっか。それなら問題ないか」

「はい。──あ、先輩、すみませんがそっちのダンボールを開けてもらっていいですか？」

「ああ、うん──」

俺は伊藤に言われた通り『衣装④』と書かれたダンボールを開けた。

中には今度の『ロミオとジュリエット』で使うと思われる衣装が入っている。

伊藤は中から衣装を全て取り出すと、丁寧に机の上に並べ始めた。

しかし、並べ終わると今度は「どうしよう」と声をもらした。

「どうしたの？」

「過去に『ロミオとジュリエット』を公演したことがあると聞いていたんですが、ロミオ役はやっぱり男子がやっていたみたいで……」

「晶の着られそうな衣装がないってことか？」

「ほかの役のものも、ちょっと心配ですね……」

そのあと俺と伊藤は『衣装○○』と書かれたダンボールを片っぱしから開けてみたが、防虫剤やらカビ臭い臭いに混ざって出てきたものはどれも使えそうにないものばかり。けっきょく晶が着られそうなロミオの服は見つからなかった。

「どうしましょう、今から用意する必要が出てきました……」

「買うことはできないの？」

「新たに購入というのは予算的には厳しいですね……。明日から大道具も準備していかないといけないですし、意外とペンキ代って高くって……」

「なら、手芸部の人に頼んでみたらどう？　男用の衣装を直すこともできるだろ？」

「なるほど、その手がありました！　さすがです、真嶋先輩！」

大したアイディアでもないけれど、褒められるのは悪くない。

伊藤はさっそく手芸部に掛け合うために部室をあとにすると、入れ違いで晶とひなたが俺の元にやってきた。

「お疲れ様。休憩？」

「はい。あ、涼太《りょうた》先輩、さっき伊藤さんとなにを深刻そうに話してたんですか？」

「衣装のことだよ」

「衣装？」

「みんなが着る衣装チェックしてたら、サイズとか心配になってさ。今伊藤さんが手芸部のところになんとかできないか頼みに行ったところだ」

それから三人でどんな衣装になるのかなどを話しているうちに休憩時間が終わった。

しばらくして、伊藤が嬉《うれ》しそうな表情で帰ってきた。

「真嶋先輩、やりました！」

「ってことは、衣装の準備を手伝ってくれるの？」

「はい！　手芸部の人に相談して正解でした！」

「それはありがたい。良かったね」

しかし伊藤はちょっとだけバツの悪そうな顔をした。

「ただ一つ、条件があって……」

「条件？」

伊藤は真っ赤になって口をつぐんだが、俺がさらに訊《き》くと「手芸部のお手伝いです」と言って、それ以上は口に出さなかった。

まあ、とりあえず衣装の件はなんとか解決できそうで安心した。

伊藤がその件を西山に報告すると、さっそくみんなで手芸部のところに行く話になった。

「真嶋先輩、うちら今から手芸部に行ってきますね～」

と、西山は笑顔で言ってきた。

「わかった。じゃあ俺はこの『やることリスト♥』とやらを順番にやっておくよ」

皮肉たっぷりにそう言うと、西山は俺のそばにさらに近づいてきて、

「……天音《あまね》を置いていきますけど、手を出しちゃダメですよ？」

と耳打ちしてくすりと笑った。

「出さねぇよ……」

「でも、天音は押しに弱いんで、グイグイいったら落とせちゃうかも……」

「だから出さないって……」

「まあきっとそうでしょうね。なんせ真嶋先輩は……」

「は？　俺がなんだって？」

「いえ、なんでもありません！　じゃあ行って参ります！」

西山は笑いながら、晶たちを引き連れて部室から出て行った。

部室には俺と伊藤だけが残された。

二人きりになってしまったが――なんだか非常に気まずい。

西山が変なことを言い残したせいだ。

「あの、伊藤さん、俺は小道具の準備をしようと思う」

「わかりました」

伊藤はにこっと笑顔を浮かべ、西山たちが置いていった使わない衣装を丁寧にたたんでダンボールにしまい始めた。

その様子を横目に見ながら、俺も小道具の準備を始めた。

＊＊＊

練習開始から四日目の金曜日の夜のこと。

その日もいつも通り、晶とセリフの練習をしていたが、問題が発生していた。

「──そこ、また間違ってる」

「ああもうっ！　わかってるのにぃ～」

「もっかいやり直すか」

「うん、お願い」

第一幕の中盤まではなんとかたどたどしい感じでも覚えられたが、そこでいよいよ壁にぶち当たった。

晶が中盤以降のセリフをなかなか覚えられないのである。

演劇部との練習はこの三日間は台本有りで練習してきたが、来週からはなるべく台本に頼らないようにしていくという。

つまり、この金曜日から日曜日にかけてセリフをある程度覚えておかないといけない。

さらに言えば、晶はいまだに棒読みの感が抜けていない。

そこで俺なりに演技についてネットで調べたことなどをもとに、晶がどうやったらセリフを覚えたり、棒読みではなくなるのかを伝えていたのだが――

「晶、今度はセリフを一つ飛ばしてる……」

「ああ、もうっ、どうして……」

「ある程度覚えてはいるんだろ？　だからあとは慣れじゃないか？　やっているうちにセリフが入るだろうから、もっかいやろう」

「うん、ごめん兄貴……。何度も付き合わせちゃって……」

――ご覧の通り、状況は芳《かんば》しくない。

第一に、晶のモチベーションが下がりつつあった。

我《が》が強いように見えて実際は自信がない晶は、失敗を繰り返すたびに萎《しお》れた花のようになっていく。

今までは、辛《かろ》うじて自分でやると決めた責任感が晶の背を支えていたが、今日になってその責任感が重く背中にのしかかってきたようだった。

「――じつは……そこで僕は美しい人に会ったんだ。踊りの相手を頼むとすぐに承知してくれた。マスクで顔はわからないが……わからないが……えっと……――」

「――うっとりするような美しい声の、素敵な女性だった」

「あああもう！　わかってるのに……」

「ちょっと長いから仕方ないさ。いや晶、すごいぞ。ここまで覚えたじゃないか！」

俺が大げさに褒めると、晶は訝《いぶか》しむような目で俺を見た。

「そ、そうかな……？」

「ああ。土日もあるんだから焦らなくても大丈夫だ。ゆっくりやっていこう」

と、元気付けておいた。

――しかし、どうしたらもっと効率良くセリフを覚えられるのか。

加えて、もっと演技らしくなるためにはどうしたらいいのか。

この二つの問題をこの土日のあいだに解消しておかないと、今以上に晶のモチベーションが下がってしまうかもしれない。

ひなたにも、それから演劇部の子たちにも気を使わせるわけにはいかないし、ここは兄として晶のためにできることをしなければと思う。

ている気がする。

演劇の経験のない俺が、いくらネットで調べて伝えたところで、やはり信憑《しんぴょう》性に欠けている気がする。

もしも俺が経験者だったら……——

「どうしたの、兄貴？」

「ああ、いや、ちょっと考え事をしてたんだ」

「なにを考えていたの？」

「晶のためにもっとなにかできないかって思ってな」

「そんな、兄貴はもう十分いろんなことをしてくれているよ。これ以上は——」

「いいや、まだだ。兄としては晶を本番のステージで一番輝く存在にしたいんだ」

「兄貴——」

晶は俺のそばに身を寄せて、そっと俺の胸に頭を預ける。

頭の重みとともに、髪から良い香りがした。

「——どうして兄貴はそんなに優しいの？　やるって決めたのは僕なんだし、手伝う必要も、僕に気を使う必要だって無いんだよ？」

だったら俺からも質問したい。

どうして晶はそんなに俺の心を見抜いてしまうのか。

「……手伝いたいんだ。気ぐらい使わせてくれよ。俺は兄貴なんだから」

この角度だと晶の顔は見えない。

けれど、今晶がどんな表情をしているのかなんとなく想像できる。

「もし、兄貴が兄貴じゃなかったら、僕に気は使わないの……？」

「どうだろうな……」

そう言って晶の頭に手を置き、その小さな頭をそっと撫《な》でた。

たぶん俺は、晶が義妹であってもなくても、晶のためになにかしたいと思うだろう。

そんなこと、照れくさくて言えないけれど……。

「ねえ、兄貴？」

「なんだ？」

「どうして兄貴は、兄貴なの？」

きっとジュリエットのセリフに掛けてきたんだろう。

「……俺がそう呼んでくれって頼んだからな」

と、あえて外しておいたが、晶はふっと笑ってくれた。

「そうじゃなくて……バカ……」

晶は俺の身体《からだ》に腕を回すと強く抱きしめてきた。

――俺が、もっとしっかりしないと。頼られる存在に――……ん？

晶に頼られる存在になりたい、頼られる存在に――……ん？

「そうだっ！　その手があった！」

「え？　いきなりどうしたの？」

俺は驚く晶の肩を摑《つか》んで引き離した。

「いるじゃないか、演技について詳しい人が！」

「えっと、まさかそれって……――」

＊＊＊

「――で、俺の出番ってわけか？」

土曜日の午前中、俺と晶は、晶の実父である姫野建《ひめのたける》さんと喫茶店で会っていた。

建さんは俳優さんで、これまでにドラマに何度か出演したことがあるらしいが、残念なことに俺は観《み》たこともないし、名前すら知らなかった。

ここ最近ようやくドラマの脇役の仕事をもらえたそうで、忙しいと晶から聞いていた。

ケーブルテレビで放送されるマイナーなドラマだが、それでもテレビに出演できることはすごいと思う。

「しっかし昨日電話をもらったときは驚いたぞ。晶がまさか文化祭で主役をやるってな」

建さんはそう言って嬉《うれ》しそうに笑うと、今度は真剣な顔で人差し指をぴんと立てた。

「いいか晶、役者の真髄っていうのはな――」

「そういうマジっぽいのじゃなくていいから、セリフの覚え方だけ教えて」

「そ、そうか……」

なにかかっこいいことを言おうとしたのだろう。建さんは気の毒になるくらいしょぼりとうな垂れた。

「それと、どうしても棒読みになっちゃって……。お父さん、どうしたらいいかな？」

建さんは腕を組んで首を傾《かし》げた。

「お前自身はどう思ってるんだよ？　なんでセリフが覚えられないか考えたか？」

「それがわかっていればわざわざお父さんに訊《き》かないよ」

「まあ、それもそうか……」

身も蓋もないなぁと思いつつ、これで父娘《おやこ》の関係が成立しているならそれでいいとも思った。

強面《こわもて》の父親より美少女の娘が強いのはそばで見ていて面白い。なんだかドラマを観てる気分だ。

建さんは「そうだな～」と少し考えたあとに口を開いた。

「まあ、きちんと役に入りたかったら字面《じづら》を追うんじゃなくて心を込めて読め。感情が乗っかれば自然にセリフが染《し》みつくもんだ」

「心を込めて？　どうやって？」

「ロミオはジュリエットに惚《ほ》れてるだろ？」

「まあ、そうだね」

「だからな、晶。お前も惚れた男のことを想像しながら台本を読んでみろ」

「えぇっ⁉」

建さんは晶が紅潮したのを見て、今度は俺の顔を見てにやりと笑ってきた。

思わず俺まで紅潮してしまう。

建さんはどこまで知っているのだろう？　カマをかけているだけか？

がははと笑う建さんをちょっと警戒しながら、俺はガムシロップで甘ったるくしたアイスコーヒーに口をつけた。

「たとえばの話だよ。ま、感情が乗れば棒読みじゃなくなる」

「そ、それなら僕でもなんとなくできそうな気がする。ほかには？」

「セリフというかストーリーをしっかり頭に入れることだな。ロミオのセリフだけを追ってるだけじゃダメだ。なんなら、ほかの役のセリフもきっちり読み込め。そうすりゃ舞台全体の雰囲気も摑める」

「なるほど、セリフじゃなくてストーリーか……」

するとは建さんの目が鋭く輝いた。

「ところで晶。お前、もしかして今誰かに惚れてんのか？」

「っ────!?」

「ゲホッガホッ！」

晶はさっきより真っ赤になり、俺は思わずアイスコーヒーを噴き出しそうになった。

「そっ、そんな人いないよっ！」

「ふ～ん……。どうだかなぁ～？」

晶はあからさまに動揺していた。俺も、隣にいてだいぶ気まずい。

「──ま、相手が誰であれ、俺はお前が選んだ男だったらよっぽどのやつじゃない限り応援する。今度紹介してくれよ？」

「だ、だからいないってば！　──ぼ、僕、トイレ行ってくる！」

晶はそう言うと慌てふためきながら去っていった。

「……たく、相変わらず素直じゃないところは素直じゃねぇんだな」

「あははは……。あまり晶をいじめないでやってください」

「そんなことより真嶋、お前はあいつのことを猫可愛《ねこかわい》がりしすぎだぞ？」

そういえば光惺《こうせい》からも過保護だと言われたけれど、俺はそんなに晶を甘やかしているように周りから見えるのか。

「まあ、もっとも、俺が言えた義理じゃないが——」

そう言うと建さんはコーヒーを口に運んで苦そうな顔をした。

「——それにしても、俺に頼るなんてな」

「ええまあ。身近にいるプロの人に訊くのが一番という話になりまして」

「……お前、気を回したんだろ？　俺と晶を会わせるために」

「いえ、そんなことは……。晶が頼れる相手って思ったら、建さんくらいしか思い浮かばなかったんです」

頼った理由の半分はそれであるが、もう半分の理由はたしかに建さんの言う通り、二人が普通に会って話せたらいいなと思ったから。

俺が胸ぐらを摑んだあの日から、晶は建さんに会っていない。

スマホでちょくちょくやりとりはしているみたいだが、やはり直接会って話せたほうが良いだろうと、俺は晶に建さんに会えないか連絡をとってもらった。

「しかしあの晶が演劇ねぇ……。どうしてそうなった？」

「建さんのことを話してました。学生時代人見知りだったとか……」

「あいつ、そんなことをお前に話したのか？」

「ええ。自分も建さんみたいに人見知りを克服したいと」

「そうか……。まあ、本人がそう望んでるんだったら頑張ったらいいと思うが……」

「やっぱり心配ですか？」

「まあな」

「俺もです。だから建さんにお願いしました」

建さんはそう言うと、申し訳なさそうな顔をした。

「苦労をかけるな。このあいだの件も含めて、世話になりっぱなしだ……」

「いえ、建さんに晶を任されたのもそうですが、俺自身がそうしたいだけで、苦労だなんて思ってませんよ」

するると建さんは真顔で俺をじっと見た。

「な、なんですか？」

「……なあ、真嶋。一つ訊くが、お前、晶に惚れてるか？」

「っ……!? なんですか急に？　晶のことはもちろん家族として大事に思ってます！」

「固いなぁ……。お前、彼女とかできたことねぇだろ？」

「よ、余計なお世話です！」

「なんなら俺がオネーちゃんのいるお店に連れてってやろうか？」

「はぁっ!? なんでそうなるんですかっ!?」

「晶の扱いに困ってんだろ？　顔にそう書いてあるぞ？」

どんな顔だとツッコみたくなったが、俺はそんなにわかりやすいのだろうか？

「まあ、年の近い男と女が一緒に暮らしてたらそうなることもあるだろうが、いかんせんお前が固すぎる。女慣れしてねぇ」

「いえ、だから、俺は兄としてですねー――」

「だから俺がオネーちゃんのいるお店で――」

「――ちょっと二人、なに話してたのかなぁ～？」

「げっ……」

　いつの間にか晶が戻ってきていた。

「晶……」

「お父さん、オネーちゃんってどういうこと？　兄貴、そういうのにキョーミあるの？」

「ないないないない！　建さんがいきなり言い出して――」

「おい真嶋！　俺はお前のためを思ってだなぁー！」

「兄貴もお父さんもバカっ！」

　そのあとむくれた晶をなだめすかすのに時間がかかった。

　俺もそうだけれど、建さんも年頃の娘の扱いに慣れるべきだと思う出来事だった。

　帰り際《ぎわ》、建さんが「そうだ」と思い出したように持っていたセカンドバッグから一枚のＤＶＤを取り出した。

「参考になるかわからねぇが、こいつは俺が昔、舞台で『ロミオとジュリエット』をやったときのもんだ」

「借りてもいいんですか？」

「やる。マスターは持ってるからな」

「ありがとう、お父さん」

建さんは晶に向けてにっこりと笑いかけた。

「花音祭《かのんさい》、だったか？　スケジュール次第だが、とりあえず行くつもりでいるから、頑張れよ」

「うん！」

「よし、いい返事だ」

建さんはそう言うと、今度は俺の前に手を差し出してきた。

「真嶋、晶を頼むぞ？」

「はい！」

建さんの手は木の枝のようにごつごつしていて硬く、熱を帯びていた。

力強く握られたその手を、俺は強く握り返す。

約束は守ります、というつもりで。

＊＊＊

その晩のこと、さっそく二人で建さんからもらったＤＶＤを観《み》ることにした。

俺と晶の部屋にはテレビはない。

一階のリビングには親父《おやじ》と美由貴さんがいてなんだか気が引ける。

そこで、俺は親父からほとんど家で使っていないノートパソコンを借りて、俺の部屋で二人で観ることにした。

「はい兄貴、イヤホン」

二股に分かれたイヤホンの片方を耳にしている晶は、もう片方を俺に差し出してきた。

DVDの再生が始まると、晶は少しはしゃいでいた。

「あ、お父さんだ」

「建さん、若いなぁ～」

テロップで撮影された日付が表示されたが、今から十五年前——つまり晶が生まれた一年後に撮られたもののようだ。

一瞬本人とわからないほど細身で、顔立ちは凛々《りり》しいが、今のいかつい感じのイメージはどことなく鳴りを潜めていた。

「お父さん、今よりしゅっとしてるね？」

「だな」

建さんが演じ始めてから、俺は食い入るようにその姿を目で追った。

舞台の中心にいるときも、また舞台の端にいるときも、絶えず建さんは周囲の動きに合わせて演じ続けている。

学芸会のレベルだったら舞台の隅で棒立ちくらいでもいいのだろう。

けれどプロは違う。セリフがないときも絶えず表情や身体《からだ》だけで演じ続けている。

不覚にも、俺は映像を観ていたく感動してしまった。この感動は漫然と観て感動したというよりも演劇をかじったことのある人間が感じる特有のものかもしれない。

それは晶も同じだったらしく、観終わると、晶は「はぁ～」と深いため息をついた。

「さすがプロって感じ……」

「だな」

「前にお父さんが言ってたんだ。俳優と役者は違う、あくまで自分は役者だって」

「へぇ？　どう違うんだ？」

「俳優は自分に役をはめていく。役者は役に自分をはめていくんだって」

そんな違いがあったのかと思いながら、俺はその言葉の意味を考えた。

けれど、晶の中では答えがすでに出たようだった。

「僕、本当はジュリエット役がやりたかったんだ。だからロミオの気持ちに寄り添えなかったんだと思う」

「なるほどな。役になりきれなかったってやつか……」

「でも、もう大丈夫。なんとなくだけど、お父さんのアドバイスでヒントを摑《つか》んだから」

「そっか。ならもう大丈夫そうだな」

「うん。それと、どうしてお父さんが役者にこだわるのかわかった気がする」

「ん？　なんだ？」

「すっごくシンプル。演じることが楽しいんだと思う」

「そうだな。俺も、その通りだと思う。せっかくやるんだからもっと楽しまないとな」

「うん！」

やはり建さんに会わせて良かった、と俺は思った。

憑《つ》き物が落ちた感じで、そのあとも晶の表情は明るかった。

10 OCTOBER

10月9日（土）

今日、久しぶりにお父さんと会った。

お父さん、仕事が大変みたいで良かった、のかな？

ちゃんとご飯食べられてるのかな？　ちょっとやせてたから心配……。

お父さんからいろいろと演技について教わった。

心を込めて読め、セリフじゃなくてストーリーを覚えろか……。

なんとなく納得。私は、ただ文字を覚えようとしてただけだった。

登場人物の気持ちになっていなかったんだと思う。

兄貴のことを想いながら読めば、確かに覚えられそう！　頑張るぞー！

そうそう、ついでに……。

夜、兄貴と一緒にお父さんからもらったＤＶＤを観た。

お父さん、一生懸命なのに、なんだか楽しそうだった。

お父さんが役者にこだわる理由がわかった気がする。

ほんと、お父さんはすごい。売れてないけど……。

私も頑張ってお父さんみたいに人見知りを直したい！

さっそく今から練習だ！

第5話「じつは演劇部の目論見《もくろみ》がわかりまして……」

建さんからもらったD.V.Dを観たあとから、晶《あきら》の様子がどんどん好転していった。朝のランニングは息を切らしながらも三十分をしっかりと走れるようになった。これは日頃の努力のたまもので、しっかりと体力がついてきたようだ。

月曜から始まった立ち稽古では、序盤から中盤にかけてのセリフについては、ほとんど台本を見なくても言えるようになっていた。

休憩の合間もじっと台本を見つめてなにかを考えている——と、思ったら、今度は台本に赤ペンでずっとなにかを書き込んでいた。すると、西山《にしやま》と伊藤《いとう》が晶に話しかけた。

「晶ちゃん、先週よりもかなり上達したじゃん！　うちらも負けてられないっ！」

「すごいよ晶ちゃん！　こんな短期間でセリフを覚えちゃうなんてっ！」

「そんな、まだまだだよ～……」

晶は西山と伊藤に褒められて照れくさそうにした。

やはり建《たける》さんの子供だからか。晶には隠れた才能があったようでその成長ぶりは周囲も目を見張るものがあった。

――ま、俺とはもってるモノが違うよな。メンデルの法則か……。

そんなことを考えながら、晶たちの様子を遠目で眺めていると、俺のところにひなたがやってきた。

「晶、すごいですね！　涼太《りょうた》先輩がなにかアドバイスをしたんですか？」

「いや、俺は特になにも。晶のお父さんにコツを教わったんだよ」

「晶のお父さん？」

「姫野《ひめの》建って役者さん。晶から聞いてない？」

「初めて聞きました！　そっか、晶のお父さん、役者さんだったんだ～」

友達の仲でもまだその話題には触れていなかったらしい。

それもそうか。本人が自分から話さなければ家族の話題に踏み込むのは気が引けるだろうし、相手によっては訊《き》かれたくない話題でもある。

現に、俺も親父や美由貴《みゆき》さんに聞いたり、建さんの胸ぐらを摑んだりするまで建さんがどんな人なのか知らなかったわけだし。

「先輩は晶のお父さんと会ったことがあるんですか？」

「二度だけ。じつは初対面で失敗しちゃったけど、二度目はちゃんと話ができたよ」

「そうですか……」

ひなたは少し暗い顔をした。

「どうしたの？」

「あ、いえ。――ただ少し、晶が羨ましいなぁって思って」

「え？　羨ましい？」

「晶はご両親が別れたあともお父さんに会ってるし、いつも近くに涼太先輩がいますから」

「お父さんに会えるのはいいとして、なんで俺がそばにいると羨ましいの？」

するとひなたはちょっとだけ寂しそうな顔をした。

「どうしても涼太先輩とお兄ちゃんを比較してしまうんです。お兄ちゃんも、先輩みたいに優しい人だったらいいなぁって思って……」

「あははは……。俺が優しいかどうかは置いといて、なんとなく察した」

光惺《こうせい》のやつ、家でも無愛想なんだろうな、きっと……。

「いつもムスッとしてなにを考えてるかわからないし……」

「まあ、俺も付き合いは長いほうだけど、あいつがなにを考えてるのかよくわからないな」

「ですよねー……」

「でも、悪いやつじゃないから。ちゃんとひなたちゃんのことを考えていると思うよ」

「そうでしょうか？」

「そうだよ、きっと」

そんな話をしていると、晶が表情を明るくしてこちらに駆け寄ってきた。

「兄貴、ひなたちゃん」

「晶、お疲れ様」

「次、ひなたちゃんのシーンだって」

「うん、ありがとう」

ひなたは台本を握りしめて西山たちの輪に戻っていった。

「大丈夫か、晶？」

「ふぅ～……。──さすがにセリフが多くて大変。でも、前よりは良くなったかな？」

「ああ、すごいぞ。見てたけど先週よりだいぶ良くなったと思う」

「そ、そうかな？　えへへへ♪」

額から流れる汗をタオルで拭きつつ、晶は嬉《うれ》しそうに笑った。

俺はその様子を見て嬉しかった。

こういう表情は家にいるときにしか見たことがなかったから、外でこんなに明るく振る舞っている晶を見るのは初めてだった。

「ところで今、ひなたちゃんとなんの話をしてたの？」

「お前がすごいって話と、建さんの話」

「お父さんの？」

「ひなたちゃんに言ってなかったのか？」

「ああ、うん」

「すまん。俺、てっきりひなたちゃんには話してると思って勝手に……」

「え？　いいよ、べつに。話す機会がなかっただけで、べつに秘密にしているわけじゃないから」

「そうか。なら良かった」

安心したのもつかの間、「ところで兄貴」と隣に座った晶がぐっと身を寄せてきた。

「ど、どうした？」

「ひなたちゃんとずいぶん良い雰囲気だったじゃないか？」

「どこをどう見たらそういう解釈になるんだ？　いつも通りだろ？」

「本当？　兄貴、鈍感だから全然わかってないしなぁ～……」

「だからひなたちゃんとはそんなんじゃないって……」

呆《あき》れつつ、稽古中のひなたのほうを見た。

西山がロレンス神父を演じているが、さすが演劇部を牽引《けんいん》する立場にいるだけに、やはり上手《うま》い。

一方のひなたもなかなかの立ち回りを見せている。半年以上のブランクがあるとはいえ、やはり主役級を張るだけの演劇部員だっただけのことはある。

「あの二人、ほんと上手だね」

「そうだな。さすがは経験者だと思う」

「僕ももっと練習しないと……」

「その意気だ。――ところで晶、台本を見せてくれないか？」

「え？　いいけど――はい」

晶から台本を受け取ると、付箋があちこちに貼られている。適当にページをめくると、びっしりと赤ペンで書き込みがされてあったのだが――

「晶、これ……」

「ん？　どうしたの？」

「ロミオのセリフだけじゃなくて、他の登場人物も……全部か？」

「ああうん。お父さんに言われた通りにしただけだけど……」

なんと、晶の台本はロミオ以外の登場人物の細かい動きまで書かれていた。

感情の機微も余白部分にびっしりと書かれている。

「これ、大変じゃなかったのか？」

「大変だったけど、なんていうか……おかげで舞台全体が見渡せるようになったよ」

「見渡す？」

「僕、前はロミオのセリフだけを必死に覚えようとしてたんだ。でも、ロミオの気持ちを理解しようとしたら、今度は周りの登場人物の気持ちも知りたくなって――」

晶が手を差し出してきたので、俺はその手に台本を返した。

「――そしたら手が止まらなくなってた。もっといろんなこと、周りの人の気持ちを知りたいって思うようになったんだ」

「そうか……」

晶が大事そうに台本を胸で抱きしめるのを見て、俺は自然に口元が綻ぶのを感じていた。

「あと、僕、演劇部《ここ》が好きなんだ」

「え？」

「和紗《かずさ》ちゃんや天音《あまね》ちゃん、沙耶《さや》ちゃん、利歩《りほ》ちゃん、柚子《ゆず》ちゃん……ひなたちゃんも、みんながいるこの場所が好き」

晶は目を細めて、部員たちが練習している光景をじっと眺めている。

「そっか……。変わったな、晶。その……良いと思う」

「そうかな？」

「ああ。本当に変わってきたと思う」

すると晶は苦笑いを浮かべた。

「僕が変わったとしたら、全部鬼畜な兄貴のおかげだよ。朝から晩まで手加減してくれないから……」

「あんなの序の口だろ？　俺はまだまだ本気じゃないからな？」

「うへぇ～……。これ以上やったら僕の身体《からだ》が保《も》たないよぉ～……」

俺と晶が軽口を交わしていると、その横で伊藤がなぜか顔を真っ赤にしていた。

「どうしたの、伊藤さん？」

「っ……⁉　な、なんでもありましぇん！」

「……しぇん？　あ、伊藤さ――」

伊藤はパタパタと部室をあとにした。

……いったいなんだったのだろうか？

俺と晶は伊藤が出て行ったあとの扉をじっと見つめた。

＊＊＊

その夜のこと。

筋トレを終えた晶とセリフ読みの練習を始めたのだが、ある場面で晶が「う～ん」と呻《うめ》いた。

「どうした？」

「ここの場面、やっぱり難しくって……」

晶が言っているのは最後の場面での——キスシーンだった。

「まあ、学校で練習してるんだったら大丈夫だろ？」

「それもそうなんだけど、いまいちわからなくてさ……」

「大丈夫だろ。——さ、もうそろそろ寝るか。じゃあおやすみ～」

と、晶を寝るように促したが、訝《いぶか》しむような顔で俺を見てきた。

「な、なんだよ？」

「兄貴、わざと流そうとしてない？」

「流す？　なにをだ……？」

「だから、キスシーンの練習、わざとやらないようにしてるんじゃないかって」

――意図的に触れなかったことを見透かされていたか……。

「兄貴、もしかして照れてるの？」

「いや、そういうわけじゃないが――」

――ぶっちゃけ照れている。というか恥ずかしい。

練習とはいえキスシーンだ。俺じゃなくてもその辺りは流したいと思うはず……。

「いつもより寝る時間が早くない？　せっかくなんだし練習しようよ」

「いや、良い子はもう寝る時間だ。十一時だぞ？　明日も朝から――」

「後半で盛り上がる大事な場面なんだ。頼むよ兄貴～」

「っ……！」

たしかに大事な場面ではある。

だが、問題は、相手というか、晶だから避けたいところでもある。

普通に男女で練習するのも気まずいが、それにも増して晶だから避けたい。

「さっそくやってみよう」

「いやいやいや、待て。俺とやっても仕方ないだろ？　やるならひなたちゃんとやるべきだろ？」

「この場面、仮死状態になったジュリエットにキスする場面だから、兄貴は目を瞑《つぶ》ってるだけで大丈夫だよ?」

そういう問題でもない。

練習? 本当に練習か?

ただ、晶の顔を見ているとふざけている様子も、俺をからかう様子もない。

ただ純粋に練習をしたいというだけで、俺が心配しているようなことは一切なさそうな気もしてくる。

俺が意識しすぎているだけなのだと反省し「わかった」と了承すると、晶は「じゃあベッドに寝て」と俺に指示した。

俺は言われるがままにベッドに横になる。

心臓が高鳴り始めたが、これは練習なのだと自分に言い聞かせた。

「じゃあいくよ」

「よし、こい」

俺は薄目で晶の様子を窺《うかが》いつつ、頭の中で晶がこれから言うセリフを反芻《はんすう》した。

この場面の流れとしてはこうだ——

ロレンス神父から受け取った仮死状態になる毒を飲んだジュリエット。

周りに死んだと思い込ませるのが目的で、つまり、実際は死んでいない。

けれどそのことを知らなかったロミオはすっかりジュリエットが死んだと思い込み、悲しみに暮れ――

「――ああ、ジュリエット……。ほんとに死んだのかい？　せめてもう一言でも、君の優しい声が聴きたかったのに……なぜ君は死ぬことを急いだ？　なぜ僕を置いていく？」

本当に上手くなったものだと感心したのもつかの間、肩が力強くがっしりと掴《つか》まれ、

「やはり美しい顔をしているな」

俺にとってのＮＧワードが晶の口から飛び出した。

「ふぐっ！」

そこで俺は思わず目を開けてしまった。

「ちょっと兄貴、なんで起きちゃうのさ！」

晶に叱られてしまったが、そのセリフだけは勘弁してほしい。

俺は以前、晶に対してやらかしてしまったときのことを思い出してしまったのだ――

『やっぱりお前って、綺麗《きれい》な顔してるよな？』

――いや、まったく状況は違うが、それでもあのときのことが思い出されてしまう。まだ弟だと勘違いしていてやったことも、こうしていまだに羞恥が込み上げてきてしまうのでどうしようもない。

「すまん、つい、な……」

「もう、いきなりなに？　――もっかい途中からやり直し。はい、目を瞑って」

「ああ、うん……」

すると晶はまた俺の肩を摑み、「やはり美しい顔をしているな」と再開した。

「――やすらかに眠っているようだ。清い顔、柔らかな頰、愛らしい唇……瞳、ああ、この瞳はかたく閉じて、もう二度と開いて僕に微笑《ほほえ》んでくれないのか……――」

セリフはそのまま続き、俺は若干気まずい気分で終わるのを待ち続けた。

「――こんな苦しみや恥を耐え忍んで生きるより、いっそこの世を捨てて、あの晴れやかな空の国で、君と一緒に……。ジュリエット、待っていてくれ、僕はすぐそこへ行く――」

徐々に視界が薄暗くなり、垂れた前髪が俺の頰を撫《な》で、晶の熱が近づいてくるのがわかる。

近づいて、近づいて、近づいてきて……だいぶ近づいてきたぞ？

え？　いや、もう十分だろう？

それ以上近づいたらまずくないか？

あと数センチで――

「――っておい！」

俺は慌てて晶の肩を摑んで押し返した。

「きゃっ！　だからいきなりなに？」

「顔、近づきすぎだ！　本気でするつもりかっ！」

「だ、だから、練習だってばー！」

「だからってこの距離感は近すぎる！　観客から見て『キスしたのかな？』って思わせるぐらいで十分だ！」

「だって和紗ちゃんがもっとギリギリを攻めろって。なんならいっとけって……。さすがにいかないけどさぁ～……」

「あんの野郎……」

練習とはいえ、この過激な演出。

晶はそういうものだと思い込まされているようだが、俺は騙《だま》されない。

最近わかってきたが、やはり西山にはなにか裏がある。

晶とひなたが抱き合う場面が妙に多い気もしていたが、このやりすぎなキスシーンの指示……。

やっぱりそうなんじゃないかと疑っていたが、まさかあいつ……。

これはちょっと、話し合いが必要な案件のようだ。

＊＊＊

翌日の昼休み、俺は一年の教室に出向いて西山を連れ出した。

場所は演劇部の部室。俺は西山に、今まで疑問に思ってきたことをぶつけることにした。

「西山、晶とひなたの件だが……」

「ああ、あの二人の話ですか？　いや～、最高のカップルですよねー？」

「その件だが、ちょっとあの二人、その……くっつきすぎじゃないか？」

「くっつきすぎ？　どういうことですか？」

「だから、その、くっつきすぎはくっつきすぎだ……」

俺が言いづらそうにしていると、西山は「ああ」と察したようだった。

「抱き合うシーンとか、キスシーンのことですかね？」

「そうだ。べつにそれ自体を否定しているわけじゃないけど、さすがにやりすぎじゃないか？」

「うーん……。私的にはもっとやりすぎなくらいがいいと思ってるんですが……」

「いや、高校生のやる演劇だろ？　そこまでこだわる必要はないんじゃないか？」

「高校生のやる演劇……？」

と、西山はむっとした表情になった。

「先輩は、たかが高校生のやる演劇って言いたいんですか？」

「いや、そこまでは言ってない」

西山が思いのほか食いついてきたので、俺は少し面食らっていた。

「ただ、度を越したら良くないって思うだけで――」

「先輩にとってはその程度って思うかもしれませんが、私は中途半端《ちゅうとはんぱ》とか適当とか、そういうのが嫌いなんです」

「……中庸《ちゅうよう》って言葉、知ってるか？　孔子《こうし》の言葉で何事もほどほどが良いって意味だ。いい加減は『ちょうどいい加減』って意味だし、適当だってちょうどいいって意味で――」

「ほどほどで満足するのは身内だけですよ？　観客は違います。期待していることか、それ以上のことをしなければ満足しません」

　──なるほど。西山がこだわっている部分はそこか。

「中途半端な演技で観客をしらけさせるくらいならもっと過激に演出したほうがいいってことか？」

「開き直るつもりはありませんが、その通りと言われればその通りです」

「だが、実際やってるのは演劇部員じゃなくて晶とひなたちゃんだ」

「どうしてあの二人を演劇部と分けて考えるんですか？　同じ演劇をやってる仲間じゃないですか？」

「仲間と言われればその通りだ。──でもスタンスの違いがある。ひと括《くく》りに仲間と言っても、あの二人を演劇部の事情に巻き込みすぎてると俺は思ってる」

「演劇部の事情？」

「ああ。──そろそろ話せ。どうしてあの二人に声をかけた？」

　以前から部員でもないあの二人を今回の演劇に誘ったのは、なにか目的があってのことだと睨《にら》んでいた。

　この際だ、はっきりさせておこう。

「お前、なにかあの二人を利用して目的を果たそうとしているんだろう？」

「そうじゃなきゃ最初から『ロミオとジュリエット』以外の演劇をする選択だってあっただろ？　伊藤さんからは朗読劇をやってきたと聞いているし、演劇部内でできる範囲でやれたはずだ」

「それは……」

「あの二人は——まあ、身内の俺が言うのもなんだが、華がある。もっとわかりやすく言えば、美少女だと思う。その美少女二人を主役に抜擢《ばってき》したのは、なにかしら意図があるとしか俺には思えない」

西山は俺の話を黙って聞いていたが、やがて「はぁ〜」とため息をつき、

「……降参です。じゃあ、先輩にだけ全部ぶっちゃけます」

と、若干開き直った。

「演劇部、今年復活したって聞きましたか？」

「晶から、なんとなくは——」

「年内で廃部になるんです」

「は……？」

俺は思わず驚いたが、西山はただ優しく目を細めた。

「利用？　目的？」

「嘘《うそ》だろ？」

「いえ、本当のことです。このことは天音たちほかの部員たちも知っています。ただ、先輩や晶ちゃんたちには気を使わせるからということで秘密にするつもりだったんですが……」

「そうだったのか……」

「とはいえ、条件が満たせなかったら廃部ということで、なんとか顧問の先生にお願いしてここまでやってきました」

「条件？　部員が五人以上とか、そういうのか？」

「いいえ、実績です」

「実績……。大会に出場するとか、入賞するとか、そんなのか？」

「大会もそうですが、まともに部活として成り立っているかという監査があって、私たちの部は先生たちから睨まれてるんです」

「なんでだ？　こうやって今も頑張ってるじゃないか？」

思っていたよりも、伊藤やそれ以外の部員たちも熱心に練習していた。

部全体のモチベーションはそれなりに高いものだと思っていたが……。

「晶ちゃんたちが来るまでは、天音が話してたように朗読劇を内々でやったり、演劇の動画を観《み》たりして過ごすような部活動でした。いつか大きなのをやってみたいね、って話しながら……」

西山は懐《なつ》かしそうに話すと、すぐにバツが悪そうに苦笑いを浮かべた。

「そうだったのか……」

「ところが、二学期に入って生徒会の予算会議があって、実績が上げられていない部活は同好会に格下げ、もしくは廃部という話が持ち上がったんです」

予算削減、コストカットってやつか。

「それでも生徒会の人たちは協力的で、なんとか先生たちに言ってくれて演劇部を残そうとしてくれているんですが、やはり今回みたいな大きな企画をやらなきゃ厳しいって先生たちに言われたそうで……」

それで『ロミオとジュリエット』だったわけか。

「顧問の先生はなんて言ってるんだ？」

「去年まで演劇部の顧問だった先生は異動しちゃいました。今の顧問の石塚《いしづか》先生はバドミントン部との兼任であまり演劇に興味がない人で……」

顧問が一度も顔を出さない理由はそれか。あとからあとから問題が出てくるな……。

「だったら同好会で留まるくらいでもいいいんじゃないか？　予算が下りなくても、みんなでたまに集まって活動するくらいで……」

「それが、そういうわけにもいかないんです。同好会は予算も出ませんが、部室ももらえなくなります」

「つまり、ここを出て行けってことか？」

「はい……」

西山は部室を見回すと、少し切ない表情を浮かべた。

「たった半年ですけど、私や天音たちにとっては、ここ、思い出の場所なんですよ……」

西山の話を聞いて、俺はなんとも言えない気分になった。

俺が西山や伊藤たちの気持ちを理解する、というのはおこがましい。

しょせん俺は晶についてきたおまけに過ぎないのだから、この半年の間に彼女たちがつくってきた思い出を、気持ちを、なるほどと簡単に済ませていいものではない。

ただ、思い入れのある演劇部を守りたいという西山の気持ちは痛いほどに伝わってきた。

「部の存続は……正直とても厳しい感じです。でも、実績さえ残すことができれば部としての存続ができるんじゃないかって思って、今回の花音祭《かのんさい》にかけていたんです。たぶん年内ではこの公演がラストチャンスですから」

「それで、晶とひなたちゃんを誘ったわけか……」

「でも、二人を利用するつもりはありませんでした！　ひなたちゃんは中学のときから天才だって私は認めてて、ぜひって誘ったんです！」

まあ、ひなたの場合は経験者で、才能がある上に努力家だから納得がいく。

「じゃあ晶は？」

「これ、私の感覚というか、ちゃんとした理由じゃないかもですけど――」

西山は少し考え込んだ。

「――演劇部に誘う前に、晶ちゃんと一度話をしてみたんです。そのとき、想像力と感受性の強い子だなって思ったんです」

「想像力と感受性？」

「晶ちゃん、かなりの人見知りですけど、意外に気持ちを汲《く》み取ったりするのがとても上手なんです。相手を理解するというか、しすぎるというか……」

その説明で少し納得した。

晶は俺との距離感の取り方が絶妙に上手《うま》い。

現に俺は、晶との距離感に悩んでいたが、多少行き過ぎる面はあっても、俺が本気で嫌がるようなことは押し通してこないのだ。

この言い方は微妙だが、俺は晶のことを嫌いにはなれない。多少戸惑うことはあっても、徐々に晶のペースにすっかりはまっている。

それが晶の感受性と想像力に結びつくのなら、なんとなく西山の言い分も納得できた。

俺の気持ちを汲み取った上で、俺の気持ちを想像し、俺にどこまでの許容範囲があるのかを測定している。

もちろん、本人にそこまでの計算があるとは思えないが。

「それに晶ちゃんは努力型です。なんでもコツコツと素直に頑張る素直さもあります」

「まあ、それは俺も近くで見てるからわかる」

「先輩は最近の晶ちゃんの成長ぶりをどう感じましたか？」

「そりゃあ、まあ……あれだけ努力してたら、それなりにはできるようになってきたんじゃないか？」

「普通、演劇を始めた子はもうちょっとたどたどしいものなんですよ。彼女の成長スピードは異常です。役に入るというか、人格が乗り移るというか……」

感受性と想像力――裏を返せば、晶が人見知りする原因なのかもしれない。

人と関わる中で、そこまで気にも留めなくていいことを、晶はどんどんキャッチしてしまうのだろう。

「だから晶ちゃんを誘ってみたのですが、どうやら正解だったみたいです。ただ、真嶋《まじま》先輩が言うように、ちょっとやりすぎた感じはありましたね……」

「え？」

「晶ちゃんとひなたちゃん、二人とも凄《すご》すぎて、演劇が楽しすぎて、ついやり過ぎちゃいました。それについては反省しています。──ごめんなさい」

西山はそう言って頭を下げた。

「え、あ、いや……。俺のほうこそ、そんな事情も知らずに疑ってすまなかった……」

俺も思わず頭を下げ返す。

邪推していたことを深く反省した。

晶やひなたを利用しようとしたのではなく、単に協力を求めただけのようだった。

それどころか、西山は晶の才能を見抜いていた。俺は晶を守ることばかり考えていたが……。

つくづく晶のことになると熱くなってしまうのが俺の悪いところであると思い知った。

同時に、俺は演劇部にどんどん興味が湧いてきた。

晶のサポートをしたい。

そのためには、もっと演劇について西山たちから学ぶ必要があるのかもしれない。

晶が今、家以外で安心して自分をさらけ出すことができる場所、好きと言った場所。

それがこの演劇部だというのなら、俺もここを守りたいと思った。

西山が見出《みいだ》してくれた晶の長所を伸ばすためにも、ここは必要なのかもしれない、と。

そんなことを思っていると、ふいに西山は笑顔になった。

「ただですね、先輩……。じつは私、なんだかもう満足しちゃってるんです」

「え？」

「ようやくみんなで演劇部っぽいことができたんです。これ以上は贅沢《ぜいたく》な気がして……」

諦めたように笑う西山は、いつもと違ってどこか遠く、ひどく小さく見えた。

「そんなことないだろ？　満足って、まだ終わったわけじゃないんだから……」

いたたまれなくなり、俺は優しくそう言ったが、西山は急に目を潤ませた。

「先輩……」

「だからこれからもみんなと一緒に――」

「今から言うこと、絶対に秘密にしていてください。先輩だから話します……」

「え？」

「まだ天音たちにも話してないことなんです――」

すると気まずそうに笑って、

「──私、今回の花音祭が終わったら、引っ越すんです」

西山は一つ、涙をこぼした。

＊　＊　＊

その日の放課後、俺は少し遅れて演劇部の部室に顔を出した。

「兄貴、遅かったね？」

「涼太先輩、なにかあったんですか？」

準備を始めていた二人が疑問を浮かべている中、俺はまっすぐに西山のもとに向かった。

「真嶋先輩？　私になにか用ですか？」

「渡したいものがある──」

「なんですか？」

俺は言うよりも先にテーブルの上に一枚の紙を置いた。

「っ……!?　先輩、これ……」

西山は目を丸くした。

晶やひなた、ほかの部員たちも俺が出した紙を見て唖然《あぜん》としていた。なぜなら——

「入部届だ。俺も演劇部に入る」

——俺が、そう決断したから。

「先輩、どうして……？　ダメですよ、それって私への同情で——」

「いや、これは意思表示だ」

西山が目を潤ませたが、その先の事情はまだここでは話すべきではないと、俺は西山の言葉を遮った。

「晶を支えてくれるひなたちゃんや西山、伊藤さんたちのために、俺も本気で今回の公演を成功させたいって思ったんだ」

正直、西山の思いに感化されたということもある。

大事なものを守るために彼女は焦《あせ》っていた。その気持ちは、俺が晶を守りたいのと一緒で、俺はいたく共感してしまった。

おそらく俺は晶を守るためだったらなんでもするし、なんでもできる。

もちろん、今回俺がしたいことはあくまで晶のサポート。

晶が舞台でよりいっそう輝けるように、俺は晶のために本気になりたい。

けれど俺は、晶にだけ焦点を当てて他を見なかった。

木を見て森を見ず——俺は、すっかり全体が見えなくなっていたのだ。

今回の公演にかける思いはそれぞれ違っていても、目的は同じ公演の成功にある。

そしてこの公演の成功こそが、晶が、本当の意味で、変われるチャンスなのだと俺は思った。

ひいては、晶の長所を見出してくれた西山や、晶と一緒に頑張ってくれているほかの部員たち、そしてひなたのためにも、俺はなんとしてもこの公演を成功させたい。

俺は目を見開いている晶のほうを見た。

晶が安心していられるこの場所を、晶が好きと言ったこの場所を、俺も守りたい——

「だからこれは、俺の覚悟の表れみたいなもの。俺なりの意思表示だ」

——だから俺は、入部することを決めた。

＊＊＊

その日の帰り道。隣を歩く晶はなぜか複雑そうな表情を浮かべていた。

「兄貴、突然入部した件だけど……」

「どうした？」

「なんでそこまでしたのかなって思って」

「あの場でも言ったけど、意思表示だよ。俺が本気だっていう」

「意思表示だったら、べつに入部する必要までなかったんじゃない？」

「ああ、じつは……」

晶には演劇部の事情をまだ話すべきではないと思ったので、もう一つの理由を伝えることにした。

「単純に、俺自身が変わらないとって思ったんだよ」

「変わりたいって、兄貴はどうして変わりたいの？」

「晶だよ」

「僕？」

「晶は、ほんとにこの数日で変わったと思う。たぶん俺、置いてかれた気分になったんだ」

「僕、そんなに変わったかな？」

「ああ。前より自信がついてきたし、なによりもみんなと一緒に演技を楽しんでいる晶は見ていてこっちまで嬉《うれ》しくなる」

晶は「そうかな」と照れくさそうに俯《うつむ》いた。

「でも、このままじゃ兄として……いや、俺自身が情けないって思って」

「そんなことないよ！　兄貴がいてくれたから僕は――」

「いいや、実際、逃げてばっかりだよ。優しく見えるのは優柔不断、頼りになるように見えるのは、晶に頼られなくなるのが怖いから。一人になっちゃうみたいで……」

「兄貴……」

俺は晶の頭にそっと手を置いた。

「だから晶、俺も変わるよ。晶のために」

晶は顔を紅潮させ、目を丸く見開いた。

そのあと家に帰るまで晶はずっと無言だったが、いつもの『借りてきた猫モード』とはどこか違う感じだった。

10 OCTOBER

10月14日（水）

兄貴が、あやしい……。

最近よく演劇部の子とか、ひなたちゃんと話してるのを見かける……。

この前は天音ちゃんと話してたし、ひなたちゃんとも話してたし、今日については昼休みに和紗ちゃんと兄貴がどこかに行くのをたまたま見かけちゃった……。

和紗ちゃんと兄貴、なんかあったっぽい。

そのあとに入部届を出してたから、和紗ちゃんとゼッタイなんかあったんだと思う！

……って、なんで最近嫉妬しちゃうんだろう……。

兄貴が他の子と仲良くなるの、ヤダな……。

前に、最終的に私のところに来てくれたらそれでいいって思ってたけど、ほんとはただの強がり……。

やっぱり、兄貴には私だけを見ていて欲しいな……。

心配してたら、兄貴は私に頼られなくなるのが怖い、一人になっちゃうみたいだって言ってた。私のために変わりたいとも……。

兄貴のこと、一人にするはずないじゃん！

私はこれからもずっとずっと兄貴と一緒にいるもん！

兄貴は優しい！　頼りになる！

私は、兄貴のこと大好きすぎてそう見えちゃってるだけかもしれないけど、これから先もずっと兄貴と一緒にいたい！

ああもうムリ！　なんて書いていいかわからない！

だからもうここまで！

第6話「じつは我が家で料理対決がありまして……」

十月十七日、日曜日。

前日の半日練習を終えてすっかり疲れが溜《た》まっているはずだったが、晶《あきら》と俺は朝から日課のランニングを終えて、昼近くまでリビングでセリフ読みの練習をしていた。

このあとひなたがうちに来て、二人で練習するらしい。

ちなみに、晶はロミオのセリフをほとんど覚えてしまっていた。

今はそのほかの登場人物のセリフもだいぶ読み込んでいて、掛け合いの多いジュリエットのセリフもほぼ暗記してしまったようだ。

俺は俺で、晶と練習しているうちにロミオのセリフがすっかり入っていた。

晶が寝たあとも、俺はこっそりと建《たける》さんからもらったＤＶＤを観《み》て、動作や表情を真似《まね》る。こうすることで晶の演技になにかしらアドバイスできるのではないかと考えていた。

そんな感じで、俺も晶も、だいぶ演劇にのめり込んでいて、気づけば本棚の漫画たちやリビングのゲーム機たちが少し寂しそうにしていた。

そうして昼過ぎになり、インターホンが鳴った。

美由貴《みゆき》さんがパタパタと玄関先に向かう。

「初めまして、上田《うえだ》ひなたです」

「あらあら、あなたがひなたちゃん？　美由貴よ。いつもうちの晶がお世話になってます」

「いえいえ、私のほうこそ晶さんや涼太《りょうた》先輩にお世話になっていて」

「あ、玄関先で立ち話もなんだから、どうぞ上がって」

「はい、お邪魔します」

——などというやりとりが玄関から聞こえてきた。

「晶、ひなたちゃんが来たわよ」

「うん、わかったー」

晶はそう言うと台本を閉じ、玄関に向かう。

「そうだ？　兄貴はこれからどうするの？」

「俺は親父《おやじ》と銭湯に行ってくる。久しぶりに背中を流し合おうと思ってな——」

そのあと俺はひなたと軽く挨拶を交わして、親父と一緒に銭湯に向かった。

＊＊＊

俺と親父が帰ってきたのは四時半を少し回ったところだった。

帰ってそうそう親父は美由貴さんと二人で買い物と食事をしてくるらしい。二人はデートと言っていたが、子供としてはなんだかその言葉がしっくりこなかった。

たまには夫婦水入らずで、と俺は多少気を使っておいて、こちらはこちらで夕飯を適当に済ませておくと伝えておいた。

親父たちが出て行ったあと、俺は帰ってくる途中で買ってきた差し入れのシュークリームと飲み物を持って二階に上がった。

「ただいま。シュークリームを買ってきたぞー」

「おかえり兄貴。ありがとう」

「お邪魔してます、涼太先輩」

俺は晶にシュークリームの箱を渡そうとしたのだが、

「うーん、でもなぁ～……」

と、晶は微妙な顔をした。

「どうした？」

「じつはさっき母さんがおやつを用意してくれたんだよね」

「腹、減ってないか？」

「ううん。ちょっとお腹《なか》が空《す》き始めたし、でも食べたら夕飯がって考えたら……」

今のタイミングでなにかを食べると、夕飯を食べにくいということだろう。もう少し早めに帰ってくれれば良かった。

すると晶は「そうだ」となにかを思いついた様子だった。

「今日の夕飯をちょっと早めに準備して、このシュークリームはひなたちゃんのお土産にしよう」

「そうだな。──じゃあひなたちゃん、帰りに持って帰ってよ」

「え？　悪いですよ、そんな……」

「いいって。ちょうど二人分あるから持って帰って光惺《こうせい》と一緒に食べてくれ」

「そうですか？　それじゃあいただいて帰ります。ありがとうございます、先輩」

俺は飲み物だけ置いて部屋を出ようとした。

「兄貴、夕飯はどうするの？」

「俺が準備するよ。二人は最後まで練習して──」

すると晶は俺の腕をとって、

「えへへ、じゃあ僕が作ってあげようか？」

と、笑顔で言ってきた。

だが、俺は「え？」とちょっと嫌そうな顔をしてしまった。

「いや、大丈夫だ。たぶん美由貴さんのことだから冷蔵庫になにか作り置きしたものがあるだろ。それを温めるよ」

「僕が作るって。兄貴にはお世話になってるし」

「俺が勝手に世話を焼いてるだけで、晶が気にする必要はまったくないぞ？」

「いやいや、だからお礼の意味も兼ねて僕が――」

「いやいや、だからお礼なんてとんでもない――」

そんなやりとりをしていると、晶がむっとした顔になる。

「兄貴、もしかして僕の手料理が食べられないっていうの？」

「そうじゃない。そうじゃないんだ……」

俺はけして晶が飯マズだとは言っていない。

むしろ、前に一度だけ晶が作った野菜炒《いた》めを食べてみたことがあるのだが、正直美味《うま》かった――野菜炒めの素《もと》が。

ちなみに以下は晶の野菜炒めの作り方である——

① 豚こま肉を油を引いたフライパンで炒める。（下味皆無）
② スーパーの野菜コーナーで売っている野菜ミックスを①に入れる。（包丁不要）
③ ②に火が通ったら野菜炒めの素のみで味をつける。（調味料一種）
④ 器に盛って完成。（むしろフライパンごと鍋敷きの上に置くのも有り）

たしかにあれは料理だが、なにか、どこか、微妙な点において違う……。

余計な手間と調味料を一切省いた手料理、というよりも時短料理……いや、時短料理も手料理に含まれるのか？

俺がなにかを期待しすぎていたのか、それとも手料理という概念に対する俺の認識が古臭いのかはわからないが、俺はあれを手料理と呼んで良いのかいまだにわかっていない。

漫画風にタイトルをつけるなら、「晶のズボラ飯」と言ったところか……。

「兄貴、前に僕の野菜炒めを美味《おい》しいって言って食べたじゃないか」

「食べたよ。美味かった。でも心までは満たされなかった」

「なんだよその言い方！　僕の料理に文句があるの？」

「ないよ、ないない。むしろ野菜炒めの素を作ったメーカーに感謝すらしてる」

「僕に感謝しなよ！」

というやりとりをしていたら、ひなたが気まずそうに笑いながら手を挙げた。

「えっと、良かったら私もお手伝いしましょうか？」

「「え？」」

「二人にはいつもお世話になっているので」

ひなたの手料理――そうか、これだ！

「えっと、それはちょっとひなたちゃんに悪いし……でもいいの？　ぜひ！」

「ちょっ、兄貴っ！」

前に光惺から聞いたことがある。ひなたはよく家事を手伝っていて、母親と一緒に料理を作っているらしい。味は「フツー」と光惺は言っていたが、そもそもあいつに感想を訊《き》いた俺が間違っていた。

もしかすると、ひなたの料理を食べたら、俺の手料理という概念への疑問が解消されるのではないかと俺は思った。

これは、要するに、晶のためである。

ひなたが料理をする姿を見て、手料理とはこういうものだという認識を改められるのではないかと俺は踏んでいた。

もちろんひなたも晶と同じ手ぬ——いや、時短料理家の可能性も否定できないが、「ひなたのズボラ飯」というのは想像し難《がた》い。

きっとひなたは俺の求めている手料理を作ってくれるはずだ。

「はい！　お料理は得意なので任せてください」

「じゃあお願いしようか——」

「ちょ——————っと待った！」

晶がむっとしながら、俺とひなたのあいだに割って入った。

「ど、どうした？」

「兄貴、僕の料理は食べられないって言うのに、ひなたちゃんの料理は食べたいってこと？」

「いや、晶、たまには——」

「だったら僕の本気を見せてやろうじゃないか！」

「本気……？」

晶はそう言うとひなたをビシッと指差した。

「ということでひなたちゃん、お料理対決だ！」

おっと、なんだか雲行きが怪しくなってきたぞー……。

「「……え？」」

＊　＊　＊

エプロン姿の二人を見ながら、俺はどうしてこうなってしまったのかを考えていた。

俺の言い方、態度が悪かったのは認める。

けれど、俺から「晶のためだからひなたの手料理を見て研究しろ」というのは少し酷な気がした。それは晶のプライドをへし折る可能性も出てくる。

だったら、対決を行わせ（勝敗は火を見るよりも明らかのようだが）、晶が手料理に目覚めるきっかけにすればいい。

──だが、なんだろう？　この胸騒ぎは……？

さっきからなぜか俺の手がじっとりと汗ばんでいる。

晶が本気を見せると言ったからだろうか、それともひなたが初めて料理を作ってくれるからだろうか。

わからない。どうして俺が緊張しているのかわからないが、なにかが起こりそうな、そんな予感がしていた。

――約一時間後。

「じゃあまずは私からです」

先手、上田ひなたがテーブルに置いたのは――

「オムライスです♪」

しかも、ただのオムライスではない。

「これ、ちゃんとオムでチキンライスを包んだタイプのやつだ！」

「はい。お兄ちゃんから涼太先輩はふわトロの卵を乗っけたものより、包んだタイプが好きだと聞いていたので」

この時点でひなたに軍配が上がりそうだ。

きちんと俺の好みを把握した上で、チキンライスをオムで包んだ美しい見た目のオムライスは、スプーンで崩すことすら躊躇《ためら》われる。

皿の端に添えられた野菜もまたポイントが高い。香りだけでなく色彩でも食欲を刺激される。

そんな、店で出すレベルのオムライスだったが、さらに――

「あ、涼太先輩、待ってください！　大事なものを忘れてしまいましたっ！」

「大事なもの？」

――ひなたはキッチンからあるものを持ってきた。

「仕上げにケチャップをかけようと思って忘れてました。先輩、ちょっといいですか――」

ひなたはそう言うと、ケチャップをオムライスの上に垂らしていく。

どこからともなく「美味しくなぁれ、美味しくなぁれ♪」と聞こえてくるが、おそらくそれは俺のイメージが作り出した幻聴。

そして完成したのは、なんと「♥」だった。

そのハートの意味を考えると――なぜだか俺の心はざわつく。

この子は料理というものの中に、いったいどれだけの「ときめき成分」を加えれば気が済むのだろうか。

「――はい、それじゃあ食べてみてください」

「あ、ああ……。じゃあいただきます」

いよいよ実食。

俺はためらいつつオムライスの端にスプーンを入れて口に運ぶ。そのお味は——

「——美味い!? すごく美味しいよ、ひなたちゃん!」

「大袈裟《おおげさ》ですってば。ただのオムライスですよ?」

と、ひなたは真っ赤になった顔をお盆で隠した。

いや、これは本当にただのオムライスなどではない。「ひなたの手作りオムライス」だ。見た目、香り、味、そして、ときめき——すべてを兼ね備えた完璧すぎる料理に、俺は胃袋以上に胸がいっぱいになる。

「これだよこれ、これが俺の求めていた手料理だよ……」

俺は、オムライスを口に運びながら答え合わせができた気がしていた。

やはり、俺は、間違っていなかった。

手料理というのはこういうものを指すのだと再認識できた喜びに胸が打ち震えた。

ついでに言えば、この料理を「フッー」とか言って普段から食べている光惺に、ひなたの手料理を食べる資格はないと思う。

そうして俺はあっという間に完食してしまった。

多少名残惜しいが、一生涯で最高のひとときを俺は過ごすことができた気がする。

「ごちそうさまでした」

「お粗末さまでした」

さて、胸もお腹《なか》もいっぱいになったし、ひなたを駅まで送って――

「――ちょーっと待った。兄貴、どこに行こうとしてるのさ？」

晶は立ち上がろうとした俺の肩をがっしりと摑《つか》んだ。

「な、なんだね……？」

「まだ、僕の『手料理』が残ってますが……？」

「そ、そうだったそうだった……」

晶の笑顔の裏に潜む怒気……。

このまま幸せな気分に浸っていたいと思ったのだが……。

「さて、兄貴。それじゃあ僕の料理を食べてみてよ」

後手、晶がテーブルに置いた料理は――

「じゃーん！」

「これはっ!?　――いや、ほんとこれ、なんだ……？」

俺はひどく混乱した。

晶が用意したものは――白飯。

白飯だ。……白飯？　白飯オンリー？

「晶、これはいったいどういうことだ？」

「見ての通り、白飯だよ」

だいぶ呆《あき》れた。

この一時間の間、晶は炊飯器が炊き上がるのを待っていただけということか？

こんなの、勝負する前から決まって――

「まさか兄貴、これで終わりだと思う？」

「なに？　まだなにかあるのか？」

「兄貴、炊きたての白飯に合うのはなんだと思う？」

「それは……まあ、味の濃いおかずとか――」

――はっ⁉　まさかっ！

「ふっふっふー！　それじゃあとくとご覧あれっ！」

そう言って晶がテーブルに置いたのは、なにかの炒《いた》め物、なにかのスープ、そして……なにかのおかず。

……とりあえず、これまでの俺の人生で見たことのないものばかりだった。

晶はこの一時間の間にこれらの品を作ったらしい。ひなたがオムライス一品に戦力を集中したのに対し、晶は物量作戦に打って出たということか。

——ただ、その考えは甘い。

一騎当千とはよく言ったもの。少数精鋭の優れた一部隊のほうが、ただの兵の集まりよりもはるかに強い。それは歴史が証明している。

「とりあえず、どれから手をつけたらいい？」

「まずはスープからどうぞ」

「うむ、では……——」

まずはスープに口をつけた……のだが——

「——なんか、食べたことがあるっ！　これ、安定のワカメスープ味だっ！」

「それ、お湯入れる粉末スープだからね」

「なるほどー……っておい！　料理してねぇじゃねぇかっ！」

思わずツッコんだが、晶はにやりと笑ったまま動じていない。

「兄貴、よく見て。そのスープに入ってるミニ餃子《ギョウザ》は粉末スープにはついてこないよ」

「確かに……。つまりこの餃子は……？」

「そうさ。冷凍食品のミニ餃子をチンして入れたんだよ」

「なるほど、素晴らしい相性……っておい！　だから料理してねぇじゃねぇかっ！」

「立派な料理だよ？　ただの粉末のワカメスープにチンした冷凍餃子を入れて、最後にチューブにんにくを入れたんだから『手を加えてる』手料理じゃないか？」

既製品を混ぜ合わせただけなのに、なぜこいつはこんなに誇らしげなんだ……？

「いや、だから、そういうことじゃなくてだな……。俺が言ってるのは『手が込んでる』手料理って意味で……」

「僕、普段よりも時間かけてるよ？」

手料理の概念を覆《くつがえ》す逆転の発想──これぞまさに晶の真骨頂「ズボラ飯」。

「いや、だから晶基準というか、そういうことじゃなくてだなぁ～……」

「まあまあ、兄貴。次はその小皿のペーストをちょっとだけ入れてみて」

「ん？　これなんだ？」

「いいから」

言われたままに赤茶色いペーストをスープに入れる。そして口に含むと──

「──美味辛《うまから》っ⁉　なんだこれ、韓国風っ⁉　ご飯が進んでしまうっ！」

俺は取り憑《つ》かれたようにスープと白飯を交互に口に運んでいく。

さっきオムライスを食べたばかりなのに、気づけばすっかり茶碗《ちゃわん》のご飯が三分の一まで減ってしまっていた。

「なんなんだ、このペースト？」

「えへへへ、コチュジャンだよ。簡単に韓国風に味変できて便利じゃない？」

なんてことだ。晶は一切料理らしい料理をしていないのに、スープ一杯でここまで白飯を食わせるとは……。

「しかし晶、これは反則だ。俺はまだこれを手料理と認めるわけにはいかない」

「そう言うと思って、ちゃんと料理したよ。今度はそっちの茶色いおかずを食べてみて」

「こ、これか？」

ビジュアル的には、挽《ひ》き肉とモヤシが茶色くなっているだけのもの。

「……なんだこれ？」

「まずは一口どうぞ」

「ああ……──」

口の中に運ぶと、挽き肉とモヤシが良い塩梅《あんばい》に炒められ、挽き肉の肉汁と一緒に焼肉のタレが舌の上で甘辛い出会いを果たす。

そこにシャキシャキとしたモヤシの食感が加わりハーモニーを奏《かな》でていた。しかし──

「──味は、普通……というかちょっと濃いな……」

びっくりするぐらいビジュアル通りの味だった。

「ほぼ焼肉のタレの味しかしないが、これはなんだ？」

「これは僕の本気料理の一つ『挽き肉モヤシ丼』だよ」

「って、ネーミング、まんまだな……」

「名前をもう一度聞いてね。挽き肉、モヤシ、丼だよ！」

挽き肉、モヤシ、丼……？

「──丼だとっ⁉」

その瞬間、俺の頭の中に挽き肉モヤシ丼の味が形成されていく。

この挽き肉とモヤシを甘辛く包んでいるちょっと濃いめの焼肉のタレが白飯に混ざったらどうなるのか……。

「さあ兄貴、それをそのまま白飯の上にかけるんだ」

「くうっ！　しかし丼にするには白飯が足りない……」

「ご飯はまだまだあるよ？　兄貴、おかわり欲しい？」

「うっ⁉」

「お、か、わ、り！　……欲しい？」

「ふぐっ！」

「欲しいよね？　ほら、言ってごらんよ？」

晶は天使のような悪魔の笑顔でにっこりと微笑《ほほえ》みかけてきて、

「お、おかわり……」

俺は、この誘惑にだけは、どうしても勝てなかった……。

——このあと俺が挽き肉モヤシ丼をかき込んだのは言うに及ばない。

ちなみに最後の一品は、冷蔵庫に残っていたスーパーの惣菜《そうざい》のポテトサラダをハムで包み、さらにその上からチーズを乗せて焼いたもの。これもまた白飯との相性は抜群。

恐ろしいことに、晶はこれら三品を、まったく包丁を使わず、レンジとコンロを使っただけで作り上げた。

たかが兵の集まりと侮《あなど》った晶の料理は、鍛えた雑兵《ぞうひょう》に火縄銃を持たせた鉄砲隊。

これが戦国時代なら日本統一を簡単に果たしていただろう。

あっぱれ、ズボラ飯。

——さて、この料理対決を制したのは誰か？

手料理という観点で言えば圧倒的にひなたに軍配は上がりそうだった。

しかし、ひなたのオムライスを食べたあとにもかかわらず、不覚にも俺が晶の手料理（？）で白飯三杯を平らげてしまった。

……正直、美味《うま》かったは美味かったが、なんだか納得がいかない。

そこで引き分けとしたが、あの場での敗者は完全に俺だった。

ひなたの天使のような可愛《かわい》らしい至福の料理と、晶の悪魔のような病みつき料理に、俺は完全に屈服したのである。

ちなみにだが、このあと晶とひなたは互いの料理を食べて讃《たた》えあい、最後にレシピを交換していた。

俺としては晶がオムライスを作るとは思えないし、ひなたにズボラ飯を作ってほしいとも思わないが……。

＊＊＊

料理対決のあと、俺はひなたを駅まで送っていた。

「ううっ……。ちょっと食べすぎた……」

「大丈夫ですか先輩？　無理に送ってもらわなくても……」

「ああ、いや、平気。歩いてるほうが消化にいいから……」

俺は歩きながらゆっくりと胃の調子を整えていた。

他愛のない話をしながらもう少しで駅というところで、ひなたが急に「ふふっ」と笑い出した。

「どうしたの？」

「さっきの涼太先輩と晶の様子を思い出しちゃって。――それにしても、そうかぁ～……」

ひなたはしみじみとなにかを考えている。

「どうしたの？」

「晶、家ではあんな感じなんですね？　学校では見せない顔だったので驚いちゃいました」

「ひなたちゃんは、晶の『お家《うち》モード』を見るのは初めてだっけ？」

「えっと、『お家モード？』ってなんですか？」

俺はひなたに晶の事情を説明した。

俺が晶の人見知りを『借りてきた猫モード』と呼んでいて、普段家ではあんな感じで学校では見せない一面を見せると。

するとひなたは「いいなぁ」と一つ呟《つぶや》いた。

「晶、きっと涼太先輩のことを心から信頼してるんですね？」

「そ、そうかな？」

「きっとそうです。学校ではあんな様子は見られないし、先輩にすっかり気を許しているんですよ」

許しすぎている感はあるが、やはりひなたの目にもそう映っているのか。

「先輩は包容力があって、頼りになりますから。だから羨ましいです。うちはそうじゃないから――」

ふと、ひなたが暗い表情になる。

「――どうしたらお二人みたいに兄妹《きょうだい》仲良くできるのかなぁ～……」

それについては、かなり言いづらい面もあり、

「うちは、参考にはならないんじゃないかな？　ほら、義理だし……」

と言って、俺は苦笑いを浮かべたが、ひなたはどこか落ち込んだ様子だった。

「涼太先輩が私のお兄ちゃんだったら――なんて、そんなこと言ったらうちのお兄ちゃんに失礼ですよね？　あはは、なに言ってるんだろう、私」

「えっと――」

「ほんと、なに言ってるんだろう……」

「ひなたちゃん……」

無理に笑っているように見えたが、また表情が暗くなる。

「前にご飯に誘ったこと、覚えてます？」

「ああ、うん……」

「じつは涼太先輩にお兄ちゃんのことを相談したかったんです」

「光惺の？」

あれはそういう意味だったのか、と思うと、ちょっとだけほっとした。

「どんな相談？」

「どうしたらお兄ちゃんが、昔みたいなお兄ちゃんになってくれるのかなって……」

するとひなたは、気の毒になるくらい悲しい表情を浮かべた。

「私、頑張り方を間違えちゃったんです……」

「え？　間違えた？」

「涼太先輩、お兄ちゃんが昔、ドラマの子役だったたって知ってますよね？」

「ああ、うん、ちょっとだけ……」

「私、ずっとお兄ちゃんに憧れてました。子役をやってたころは、あれでも努力家で、キラキラしてて、優しいお兄ちゃんだったんですよ？　私もそんなお兄ちゃんみたいになりたいって、お母さんにお願いして養成所に通うようになったんです」

「そうだったんだ……」

「でも、お兄ちゃんは小学校四年生で辞めちゃいました。なにがあったのかは知りません し、教えてくれません。それからずっと、私を避けるようになっていました」

「俺も、光惺からはなにも……」

「私、どうやったら前みたいに、努力家で、キラキラしてて、優しいお兄ちゃんになって くれるのか考えました――」

ひなたは足を止めた。

「――私が頑張れば、お兄ちゃんもまた頑張ってくれる、元に戻ってくれると思って、養成所を辞めたあとも中学で演劇部に入ったんです」

「そうか……。演劇部に入ったのは光惺のためだったんだね……」

「でも、お兄ちゃんが言うように、私、バカだから、気付いてなかったんです……」

ひなたの肩が震えている。

けれど、泣かないように小さな拳を強く握って耐えていたが、

「ずっと、私はお兄ちゃんが見たくないものを見せつけちゃってたんです。お兄ちゃんが苦しんでいたのに、嫌な思い出を思い出させるように……」

その目からいよいよ涙がこぼれ落ちた。

その様子を見ながら、この子のためになにかできないかと思った。

俺にもなにか、できることはないかと……。

だから、こう訊《き》き返しておいた。

「今回、ジュリエット役を引き受けたのはなんで？」

「それは――」

考え込む素振りを見せたが、俺はなんとなくわかっていた。

「光惺のためじゃなくて、本当は、自分がやりたかったからじゃないの？」

「本当は、そうです……。私、お芝居が大好きなんです。でも、お兄ちゃんが傷つくと思ったら、怖くなって……」

――やはりそうだったのか。

ひなたが稽古中にときたま見せる楽しそうな姿は、普段俺たちと一緒にいるときとはまた違っていて、心から楽しそうに、たとえるなら踊っているように俺には見えていた。

――ひなたにとって、本当にやりたかったこと。

兄のように、と最初は思って始めたものが、いつの間にかのめり込んでいたのだろう。

けれど、光惺に気を使いすぎて、自分が真にやりたいことを我慢し続けることになった。

一回だけ、という西山《にしやま》の放った都合のいい言葉は、そんなひなたに与えられた都合のいい逃げ道だったのかもしれない。

ただ、一つだけ、ひなたは勘違いしていることがある。

「ひなたちゃんは、光惺を見くびりすぎだよ」

「え……？」

「あいつ、そんなにヤワじゃない。そこまで過去に縛られてないと俺は思う」

「……どうしてそんなことがわかるんですか？」

「ひなたちゃんが今回の演劇をやってもいいかって訊いたとき、『俺には関係ないだろ？』って言ってたじゃないか」

「はい、怒らせちゃいました……」

「光惺、怒ってなかったよ。俺には、『俺のことは無視して好きなことをやれ』って聞こえた。投げやりなんかじゃなくて、ひなたちゃんが本当は演劇をやりたいってこと、あいつもわかってたんじゃないかな？」

ひなたから演劇の話が出たとき、俺は光惺の顔を見ていた。

たぶん光惺は、ひなたが演劇をずっとやりたくて我慢してきたことをわかっていた。

自分に気を使ってひなたが演劇を辞めたのをわかっていたから、ずっと心苦しいと感じていた——それがあのときのしかめっ面《つら》だったのではないか、と今なら思う。

無愛想で、無気力で、不器用で、面倒臭がりで——でも、きっとそれは表面上に表れているあいつのほんの一部で、本当は誰よりも周りのことを気にしている。

光惺を良く見すぎているかもしれないが、俺はあいつとの四年の付き合いで、そういうやつだと思っている。

「先輩、それは、お兄ちゃんのこと、良く言いすぎですよ……」

「俺、光惺が言うようにアホだから、あいつのこと、そういうふうにしか見えないんだ。あいつ、不器用でわかりづらいかもしれないけどね」

「お兄ちゃんも、先輩みたいにもっとちゃんと話してくれたらいいんですが……」

と、笑ってみせた。

「まあ、俺はアホだけど——」

——光惺の言葉を借りておくか。

「あいつ、バカだから」

まったく、こんなによくできた妹を悲しませやがって……。

そのあとひなたは少し元気が出たのか、それとも元気なふりをしてくれたのかはわからないが、「ありがとうございました」と言って改札の向こうに消えていった。

それから家に帰ると、玄関先で晶が仁王立ちしていて——

「兄貴、ずいぶんと遅かったじゃないか。可愛《かわい》い妹を放っておいて、ひなたちゃんとなにをしていたのか説明したまえ」

「いや、なにも……。ちょっと立ち話を――」

「僕が寂しく一人で皿洗いをしていたというのに、なるほど、ひなたちゃんと立ち話をしていたのか、兄貴は……」

「あ、ありがとう……。じゃあ俺、学校の課題をしないといけないから――」

「えぇい、妹を構うのだっ！」

「構う構う！　普段から構ってるだろっ！」

「足りぬっ！」

「さっきからなに時代の人間だっ！　というか離れろっ！　抱きつくな――！」

――なんとなくだが、うちの義妹《いもうと》はわかりやすいやつで良かったと思った。

10 OCTOBER

10月17日（日）

今日はなんとひなたちゃんが初めてうちに遊びにきた日！

と言っても、一緒にセリフ読みの練習をしにきただけだったけど、いろいろと話せて良かった。

ひなたちゃんはいつも明るくて、元気で、笑顔で、カワイイ！でも、悩んでいたり悲しいことは話してくれない。

でもでも今日はちょっとだけ、ひなたちゃんから悩みを聞いた。

上田先輩のこと。

その話を聞いていたとき、私は自分はなんてぜいたくなんだろうって思った。

兄貴は、優しいし、頼れるし、私は大好き。

私が暴走してもちゃんと止めようとしてくれるし（止める必要のないときもあるけど）、私のことを一番に思ってくれている。

でも、上田先輩はそうじゃないみたい。ひなたちゃんにいつも冷たいことを言うから、私はちょっと気になっていた。先輩自体は嫌いじゃないけど、あの冷たい言い方は嫌い。

もっとひなたちゃんに優しくしてあげてよって思う……。

そうそう、今日はひなたちゃんとお料理対決をした！

兄貴はひなたちゃんのオムライスをべた褒めしていたけど、ふふふ……兄貴、ぜんぜんわかってないな。

家事は時間の効率が求められるんだよ？

ひなたちゃんに恋人スキルがあるなら、私は嫁スキル……。

長い目で見て、私が勝ち！　て思ってたけど、けっきょく引き分けになった。

納得がいかない。

しかもひなたちゃんを送ってから帰ってくる時間が遅い……。

もっと私を構うのだ、兄貴……。

第7話「じつはメイドさんに取り囲まれまして……（花音祭《かのんさい》一日目）」

十月二十二日、金曜日。いよいよ花音祭初日。

この日は生徒のみで行われ、ほとんどは模擬店や展示を見て回るだけの日。

演劇部の発表は明日なので、俺はクラスの模擬店であるコスプレ喫茶で働く時間帯以外は特にすることもなかった。

夕方から明日の準備をするということで、俺は光惺《こうせい》と一緒にあちこち見て回ることにしていた……のだが――

「――で、これはどういうことだ、涼太《りょうた》？」

「あははは。さぁ～……」

朝教室に行くと、俺と光惺の机の上に大きめの紙袋があり、中には衣装が入っていて、あからさまに今日はこれを着なさいという指令。

コスプレしたくない派の俺たちとしては当然拒否したいところだが、なぜか教室の向こうで、実行委員の星野《ほしの》が親指を立ててこちらを見ている。

――ああ、これ、着なきゃいけないパターンのやつか……。

しかし問題は、この衣装のデザインにある。

「どう見てもこれ、『王子様』だよな？」

「あははは、まあ光惺はたぶん似合うからいいだろ？　おそろの俺の気持ちを考えてみろ？」

光惺は着こなせると思うが、さすがに俺には絶対に似合わない。

たしかに希望はないと言ったが、なぜこれを選んだんだ、星野……？

「いくらなんでもダサすぎだろ」

「まあ、せっかく用意してもらったんだから一回着てみるか……。制服にちょっと似てるし、そんなに目立たないと思うぞ」

そんな感じで俺と光惺が微妙な顔をしていると、星野がやってきた。

「ごめんね上田《うえだ》くん。他に全然似合いそうなものがなくて……」

「これが似合うと思ったお前のセンスを疑うな」

光惺の一言は驚くほど的を得ていた。

けっきょく、俺と光惺は更衣室で王子様になって教室に戻った。

光惺の姿を見て、クラスの女子たちは遠くで「きゃあ」と黄色い声を上げている。俺については特に反応なし。わかってはいたが……。

その声を聞いて「うざっ」といつも通りの反応を示す光惺は、どことなく照れているように見える。まあ、それなりに気に入っているのかもしれない。

「光惺、よく似合ってるなぁ」

「うっせぇよ」

光惺の王子姿はやはりよく似合っていた。

対して俺はというと、どことなく野暮ったくて、衣装に着られているといったほうが正しい。

なんだか湖で水浴びしていた王子の衣装を盗んできて着ている村人Aくらいの気分だ。

クラスの様子をそれとなく見回してみた。

着物のやつもいれば、中には着ぐるみのようなものを着ているやつもいる。

リア充っぽい女子たちは露出度高めな気もするが、まあ本人たちがそれでいいならべつにいい。

「この中で一番まともなの、俺たちかもしれないぞ？」

「だからうっせぇよ」

そうして、こんなハロウィンの仮装大会のようになった教室に最後に現れたのは、お姫様の格好をした星野だった。

清楚《せいそ》そうに見えるが胸元が大胆にも開いており、屈《かが》むとその深い谷間が強調される。

俺は思わず目をそらしておいたが——そうか、星野は、そういう感じか……。

星野は、自分の席でつまらなそうにスマホを弄《いじ》っている光惺のところに寄ってきた。

「どうかな、上田くん」

「なにが？」

「似合ってるかな？」

「さあ……」

光惺はいっさい目を合わせることもなく、ひたすらスマホを弄り続けている。

なんだか星野が不憫《ふびん》に思えてきた。

おそらく星野は光惺に合わせてきたのだろう。目的は、王子と姫のツーショットってところだろうが……。

まあ、花音祭は始まったばかり。星野に心の中でエールを送りつつ、始業のチャイムが鳴るのを待った。

＊　＊　＊

俺と光惺が働くのは十一時から十二時の一時間だけで、その前後は基本的になにもしなくて良いらしい。

接客だけで、料理やドリンクを準備するのは役割を振られたやつらでやってくれるみたいだ。

そういうこともあって、俺と光惺は開始時間まであちこちぶらつくことにした。

お互いに着慣れない衣装に戸惑いつつも、昇降口を出て露店風に並んでいる模擬店のあいだを通り、ぶらぶらと食べたいものを買って歩いた。

光惺はやはり人気があって、歩くたびに女子の視線をさらう。

特に今日はいつもと違って『王子様』なので、余計に目立っていた。

そんな感じで周りの視線を気にしつつ二人で歩いていたのだが――

「あ、いたっ！　お兄ちゃん！　涼太先輩！」

――と、ひなたの声がした。

俺と光惺は声のしたほうを向いて――固まった。

メイドだ。

メイドがいる。

しかも、メイドが集団でいる。

そのメイドの中に、なぜか晶《あきら》まで混ざっていた。

よくよく見ると、駆け寄ってくるそのメイド集団は、晶、ひなた、西山《にしやま》以下演劇部員たちだった。……いつからメイド部になった？

「おい、どういうことだ、涼太……？」

「さ、さあ……？　なんでみんな、メイド……？」

俺と光惺はすっかり面食らっていた。

「へへーー、真嶋《まじま》先輩、驚きました？」

と、西山はスカートの裾をひらひらと持ち上げてみせる。

「驚いたってもんじゃない。なんでみんなメイドなんだ？」

「それがですね～、衣装の件で手芸部に行ったときの話なんですけど――」

西山が言うには、演劇部の衣装の手直しは無料でしてもいい、衣装の製作や直しにかかるお金はすべて手芸部がもつとのことだった。

ただし、条件が一つ。

手芸部が花音祭のために製作した衣装を着て一日目を過ごすこと。

つまり、手芸部の制作発表のために一日だけ動くマネキン役を引き受けたということだった。

ちなみに午後からは手芸部の展示会場で客引きをするらしい。

どうりであのとき伊藤《いとう》が顔を赤くして口をつぐんだわけだ……。

「──ということで、今日一日メイドになってるわけですよぉ～」

「その話は初耳だ。俺もいちおう部員なんだが……？」

「それはもち、真嶋先輩を驚かせるためですよ～！」

西山はからからと笑いながら俺の肩をバンバンと叩《たた》いた。

「いや、驚いたが、しかし……」

俺はさっきからモジモジと演劇部員たちの陰に隠れている晶を見た。

「晶、お前まで俺に秘密にしていたのか？」

「だって、和紗《かずさ》ちゃんが当日まで秘密だって……」

晶の衣装は、なんというか、他の部員たちに比べるとスカートが短く、袖がない。

ちょっと露出度が高めのメイドさんと言ったらいいのか、そんなメイドは現実に存在しないだろうと思わずツッコみたくなる格好だった。

まあ、似合ってるからいいが……。

一方で光惺とひなたはというと——

「どうかな、お兄ちゃん？　似合ってる？」

「バーカ。んな格好して恥ずかしくねぇのかよ？」

「お兄ちゃんこそ王子様じゃない！」

「着たくて着てるわけじゃねぇ！」

——いつも通りというか、イケメン王子と美人メイドが互いに言い争いをしている。なかなかに面白い光景だ。

まあたしかに光惺のいう通り、ひなたの格好はちょっと目のやり場に困る。

晶に負けず劣らず、ひなたもけっこう露出度が高い。

ニーハイソックスが良く似合ってるのはいいとして、問題は胸元が開いていて、しかもかなりボディラインが強調されていること。なかなかの破壊力だ。

「ほら、天音《あまね》もこっちにきて真嶋先輩に見せてあげなよ！」

「やっ！　か、和紗ちゃん、恥ずかしいよぉ～……」

無理やり俺の前に引き出された伊藤は清楚系のメイドで、晶たちに比べると露出度は低め。

丈が長くて逆にシンプルでいいのだが、もじもじと照れ臭そうにしていてどうにも目のやり場に困る。見てほしくなさそうなので、あまりじろじろと見ないようにした。

西山もよくよく見ると伊藤に近い感じだが、スカートは膝丈くらい。こういう制服のフアミレスがありそうだなという感じだった。

「どうどう、真嶋先輩？　うちのメイド姿？　可愛《かわい》くないですか？」

「……まあ、いいんじゃないか？」

「なんですかその反応～！　もっと可愛いとか言ってくださいよ～」

晶の前でそんなこと言えるか……。

「は、恥ずかしいです……。あまり見ないでくださぃー……」

「伊藤さん、ドンマイ……」

なんとなく気まずい感じでいると、俺の袖を引っ張る感覚があった。

「兄貴～……」

むーっと頬を膨らませた晶だった。

「な、なんだよ晶……？」

「みんなのこと見て、ニヤニヤしてる……」

「いや、してないぞ、ほんと……」

晶の手前、俺はメイド集団から視線を外しておいたが、周囲《しゅうい》の視線は俺たちに集まっていた。

とりあえず、これは、なんというか、ダメなやつである……。

＊＊＊

ややもあって演劇部と別れ、俺と晶、上田兄妹《きょうだい》のいつもの四人で回ることになった。

晶は周囲の目を気にして、俺の腕にぴったりとくっついて離れない。

「それにしても晶、よくそんな格好ができたな？」

「ううっ……だって、衣装との交換条件だったし、みんながやるって言ったから……」

「でも、かなり勇気がいるだろ、それ？」

「うん……」

やれやれと思いながら、今度は上田兄妹の様子を窺《うかが》う。

まあ、この二人は格好こそ普段とは違うが、

「お兄ちゃん、王子様のコスプレって……。恥ずかしくないの？」

「だからお前の格好のほうが恥ずかしいだろうが」

と、まだお互いの格好について言い争っている。

まあ、喧嘩《けんか》になってないから放っておいて大丈夫か。

「晶、なにか食べたいものはないか？」

「えっと、チョコバナナ……」

「わかった、買ってやる」

「いいの？」

「ああ。他には？」

「兄貴の持ってるそれ……」

晶が指差したのは俺がさっき買ったストローが刺さっているカップのコーラ。中には細かい氷が入っていて、もうほとんど溶けて薄まっている。

「ああ、ただのコーラだけど、ドリンクが飲みたいか？」

「それが飲みたい」

「じゃあ飲み物も買うか」

「ううん……兄貴の持ってるのでいい……」

「え……？」

「それ、ちょうだい」

「あ、ああ、べつにいいけど――」

晶に渡すと、ストローに口をつけて吸い始めた。

「はぁ～……。僕、喉渇いてたんだ。――はい、兄貴」

普通に俺のストローで、普通に飲んだな……。

「どうしたの？」

「いや、気にしすぎなのもかえってダメだなって思って」

とはいえ、やはり晶のあとに飲むのはなんとなく気が引ける。

「光惺、ちょっと寄っていいか？」

「ん？　ああ」

俺は光惺とひなたを待たせ、チョコバナナを一本買って晶に手渡した。

晶はそれを美味《おい》しそうに口に含む。

「美味《うま》いか？」

「うん！」

ニコニコ顔の晶に満足すると、晶はすっと俺の前にチョコバナナを差し出してくる。

「兄貴も一口」

「いいのか？」

差し出されたチョコバナナをそのまま口に含んで食べると、なんだか懐《なつ》かしい味がした。

昔、俺は親父《おやじ》によく連れられて近所の祭りに行っていた。

そのとき食べるチョコバナナが美味しくて、俺はよく親父にねだったものだった――など、ちょっと懐かしむように食べていると、視線を感じた。

視線の方を向くと、いつの間にか言い争いをやめた光惺とひなたが目を細めて俺たちを見ていた。

「ん？　どうした、光惺、ひなたちゃん？」

「なんでもねぇ」「なんでもありません」

恐ろしく声がぴったりだった。

＊　＊　＊

そうこうしているうちに、交代の時間がやってきて、俺と光惺は晶たちと別れて急いでクラスに戻った。

花音祭一日目が終わり、俺は着替えて体育館に向かった。

すでに演劇部員たちはステージの上で明日の準備を始めていた。俺も彼女たちに合流して準備を手伝う。

ある程度ステージの準備が片付くと、今度は伊藤と一緒に音響機材や照明機材のチェックを始めた。

それらすべてのチェックが終わると、ステージでの通し稽古が始まった。

俺は出番待ちのひなたの横で、その光景をなんとなく見ていた。

「だって、おかしいじゃないですか！　イエス様の両親のマリアとヨセフだって、結婚しているじゃないですか！　家族……いい言葉だ。僕も家族を作りたいんだ。それのどこが間違っているんです！」

晶は声を張りながらステージを縦横に動き回り、情熱的にロミオを演じている。

神父役の西山も晶に負けじと熱が入るくらい、晶の演技は安心して見ていられるくらい上達していた。

「ほんと晶、別人みたい……」

「ああ、俺も驚いてるよ……」

晶は本当に変わった。

西山の言う通り、晶には才能があったのかもしれない。

「──ひなたちゃん、次の場面」

「はい！」

ひなたも晶に負けていない。

袖から出て行ったひなたの顔つきはがらりと変わり、まるでジュリエットが乗り移ったようになる。

俺の隣にいた晶は、ひなたと西山の二人の掛け合いを見て感嘆の声をもらす。

「和紗ちゃんも上手だけど、やっぱりひなたちゃんも上手。それに可愛いなぁ……」

「ほんと、ジュリエット役がハマってるな」

「ジュリエット役、僕じゃやっぱひなたちゃんには敵《かな》わないよね……」

「そうか？　俺は今の晶ならどんな役でもできると思うぞ？」

「ううん。見てよあの表情」

「ん？」

「お願い兄さん！　私が結婚するまでは決闘も乱闘もやめて。ねえ、私のことが嫌いなの？　子供の頃から遊んでくれたじゃない。妹の頼みなのに聞いて下さらないの？」

ひなたは表情や仕草、声の調子を変えたりして、見事にジュリエット役に徹していた。

ほかの演劇部員たちより頭一つ抜けているのは、彼女が経験者だからということだけでなく、努力に裏打ちされた才能があるからだろう。

「まあ、ひなたちゃんはひなたちゃんだよ。――さあ晶、次、お前の番だぞ」

「うん。行ってくる、兄貴！」

「おう！」

俺は晶とハイタッチして見送った。

「綺麗《きれい》だよジュリエット。前に見たときよりも今日の服装はもっと華やかで愛くるしい」

「ロミオも、あの時よりずっとハンサムだわ」

「ゴホンゴホン！　いいかな、そこのご両人？　お取り込み中まことに申し訳ないが……――」

晶を見ていて、俺はなんだか胸の奥からこみ上げてくるものを感じていた。

人見知りだった晶が、経験者のひなたと西山に引けを取らないくらい主役をしっかりと演じていること。そして仲間に囲まれて生き生きとしていること。

舞台袖で、俺は少し泣きそうになったが、慌てて泣かないように努めた。

まだ幕すら上がっていない。

だから、涙は最後までとっておこう、と……。

――けれど、問題というのは、必ず良いときにやってくる。

そのことを、俺たちはこのあと、嫌というほど思い知らされることになる。

10 OCTOBER

10月22日（金）

今日は花音祭一日目。朝からちょっとテンションが高かった。

ただ、ちょっと、うーんと思うことが一つあり、それだけは嫌だった。

じつは今日はメイド服を着ないといけなくて、うーん……。

それは演劇部の衣装のためで、しかたがなかったんだけど、やっぱり、うーん……。

……私のだけ、ちょっと布の面積が狭くない？

作った人には悪いけど、布の面積、やっぱり狭くない？

せめて天音ちゃんが着てるくらいが良かったんだけど、布の面積、狭いでしょ？

いろいろ言いたいことはあったけど、みんな着るっていうし、しかたなく……。

でも、一つだけ良いことがあったとすれば、兄貴は私を見てドキドキしていた！

ひなたちゃんたちにもドキドキしていたのはけしからんと思ったけど、
そのあとはいろいろおごってくれたし、まあいいか。

兄貴はメイドが好きなのかな？　うーん……。

手芸部の子に返そうとしたら、あげるって言われちゃったし、
持って帰ってきちゃったはいいけど、うーん……。

これ、いつ着るんだろう？　とりあえず隠しておこう……。

そうそう、兄貴もクラスの模擬店のコスプレだった。

似合っているかどうかというと、最高すぎる！

王子とメイド……この組み合わせ、なんかヤバくない？

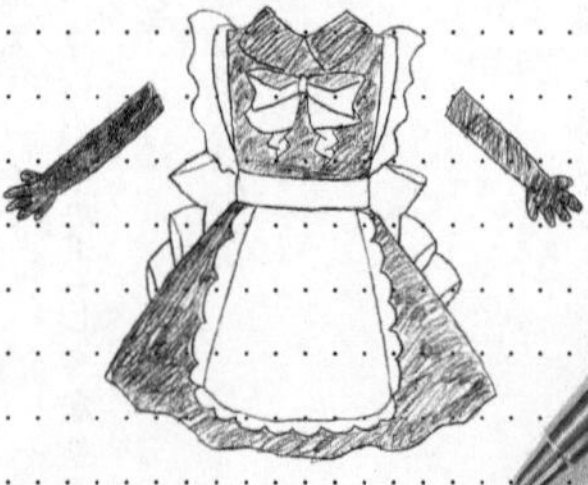

第8話「じつはトラブルが発生しまして……（花音祭《かのんさい》二日目・前）」

花音祭二日目の朝。俺は五時半に目が覚めた。

——いよいよこの日が来てしまったか……。

六時になってから部屋を出て晶の部屋をノックしてみたが起きてこない。

もしやと思って一階に下りると、すでに晶はリビングにいて、台本を持ってブツブツと読み込んでいた。

「おはよう、晶《あきら》」

「おはよう、兄貴」

「何時に起きた？」

「五時くらい。早く目が覚めちゃった」

「ちゃんと寝られたか？」

「うん、まあ……」

この様子だとあまり寝られなかったのかもしれない。それも当然か。

今日は演劇部の公演当日、いよいよ本番だ。

晶もやはり緊張しているのだろう。俺も実際は布団《ふとん》に入ってからなかなか寝つけず、二時間くらいしか寝られていない。

「今日はちょっと早めに出るか？」

「そうだね」

するとそこに親父と美由貴《みゆき》さんが起きてきて、俺たちの様子を見て少し驚いていた。

「あらあら、もう起きたの、晶？」

「やっぱり緊張してるか？」

「うん。でもまあ、ベストは尽くすよ」

そこにははっきりとした意志のようなものを感じた。

「俺たちも観に行くから。今日は晶の晴れ舞台だからな」

「晶、頑張ってね？　ママ、客席から応援してるからね」

「うん。ありがとう、太一《たいち》さん、母さん。僕、頑張る！」

大丈夫。晶ならきっとやれる——俺にはそういう確信があった。

晶は変わった。今日まで努力して、一歩ずつ前に進んできたんだ。

——なにがあっても、今日の公演を成功させよう。

俺はそう決意しつつ、支度をするために先に二階に上がった。

＊＊＊

いつもより二本早い電車に乗ると、土曜日ということもあって空いていた。

俺と晶はロングシートに座り、お互いに黙ったまま電車が揺れるのを感じていた。

一駅すぎたあたりで、不意に俺の手の甲に晶の手が置かれた。

「どうした？」

「いつもの、充電……いい？」

「わかった」

最近少なくなってきたが、晶から充電を求められた。

ゆっくりと俺の肩に晶の頭の重みがかかる。

ふわりとした甘い香りが俺の鼻腔《びこう》をくすぐった。今日は俺の胸ではなくていいらしい。

やがて晶の手が動き出し、俺の手の平と晶の手の平が重なり合う。

そうして俺の指の間に晶の白くて細い指が絡《から》まった。

「これ、恋人つなぎって言うんだぞ？」

「知ってる」

「そっか……」

「ずっとこうしてたい……」

「ずっとは……ちょっと、難しいな……」

晶の好きなようにさせてやりながら、俺は周囲を見渡した。多少朝早いせいもあってか、
俺たちと同じ結城《ゆうき》学園の生徒はいない。しばらくはこうしていても平気のようだ。

「今日、大丈夫か？」

なんとなく話題を振ってみた。

晶は「どうかな」と一言つぶやいて、俺の肩にさらに頭の重みをかけてくる。

「それは、兄貴次第かも……」

「俺次第？」

「兄貴にお願いしたいことがあるんだ。……大事なお願い」

「大事な？　なんだ？」

「それは、今日の公演が終わってから話すよ」

「それだと順番が変だろ？　お願いする意味がないと思うが……」

「それでも、先に僕のお願いを聞いてくれるって約束して」

「怖いな……。なにをお願いされるんだろ？」

「えへへへ」

「もったいぶるなって。こっちまで緊張してくるだろ？」

「僕を怖がらないで、兄貴……」

晶は俺の手をにぎにぎと力を強めたり弱めたりした。

――正直、なにを言われるのか怖い。

今のこの関係を終わらせたいと晶が言い出すのではないか。

そう思うと、なんだか怖くなる。

ガラス細工のような晶の手を壊れないようにして強く握り返す。

「あまり、俺を怖がらせないでくれ。俺はこう見えて怖がりなんだ……」

また晶を縛ってしまうようなずるい言い方をしてしまった。

こうして晶がそばにいない生活を、俺はもう考えられないくらいになっていると実感する。

「大丈夫。僕がずっとそばにいるから」

「……なら、安心した。お願い、いちおうは聞くことにするよ。ただし、あまり無茶なのはダメだぞ？」

「えへへ、兄貴ならそう言うと思った」

晶の笑顔が見られたところで、電車は結城学園前に着いてしまった。

＊＊＊

学校に着いてから、俺は晶と別れて教室に向かった。

教室に入ると、星野《ほしの》はすでに教室にいて静かにスマホを弄《いじ》っていた。

「──あれ？　おはよう真嶋《まじま》くん。早いね？」

「星野さんこそ。おはよう」

「今日は、上田《うえだ》くんは？」

「ああ。今日はちょっと早めに来たから朝は会えてないな」

「そう……」

少し残念そうにする星野はスマホを机の上に置くと急に顔を赤らめた。

「あの、真嶋くんに話しておこうと思うんだけど……」

「なに？」

「私、今日上田くんに告白しようと思うの！」

「えっ⁉」

「後夜祭のキャンプファイヤーのとき、上田くんを呼び出してみようと思って……」

「そ、そっか……」

一瞬驚きはしたが、告白するという告白を聞かされてもな……。

それに見ている限り星野の告白はきっと上手《うま》くいかない。

「……やっぱり、ダメっぽいかな？」

「あ、えっと……」

心の中を読まれたのかと思ったら、

「自分でもダメってわかってるんだけどね……」

と星野は自信なさげに俯《うつむ》いた。

「……わかってて、告白するのか？　なんで？」

「いろいろアピってみて、もうこれ以上やることがないと思ったから。私はあなたのことを想《おも》っているんだ、好きなんだってことだけでも知ってほしいの」

「知ってほしいか……」

「ダメならダメで、次に進めそうな気がするから。上田くんには迷惑かもしれないけど」

星野はそう言うと切ない笑顔を浮かべた。

俺は「頑張って」とだけ伝えておいたが、元気のない彼女にそれ以上かける言葉が見つからなかった。

＊＊＊

星野と会話を交わしてからしばらく経《た》ち、教室は昨日と同じようにハロウィンの会場状態になったのだが、俺は一つ気がかりなことがあった。

光惺《こうせい》がまだ来ていない。

普段ならもう教室にいて、あの仏頂面《ぶっちょうづら》でスマホを弄ってるころだ。

けれど、始業ベルギリギリでもあいつが来ないのは、少しだけ気になっていた。

そのうち始業のチャイムが鳴ってしまった。

まさか、休みか？　と思ってスマホを見たがなんの通知もない。

そのうち担任が教室にやってきて出席を取り、光惺がいないことを気にしていた。

けっきょくホームルームが終わっても光惺はまだ来ない。

星野も光惺を気にしてか、俺のところに寄ってきた。

「真嶋くん、あの……上田くんって今日欠席？」

「わからない。ちょっと連絡してみる」

俺は、慌ててスマホを取り出して電話をかける。

光惺は――

「――出ないな。とりあえずＬＩＭＥだけ送っておくよ」

「うん、ありがとう」

星野の不安そうな顔を見て、俺もなんだか不安になってきた。

――そうだ、ひなたならなにか知っているかもしれない。

俺はもやもやとした気分で一年の教室へと向かう――が、階段の踊り場でばったりと晶と出くわした。

「兄貴！」

「晶、どうした？」

晶は焦《あせ》っていた。

「ひなたちゃんがまだ来てないんだ！」

「えっ⁉　ひなたちゃんも？」

「もってことは、上田先輩も⁉」

俺と晶は慌ててスマホを取り出す。

それぞれ光惺とひなたに電話をかけてみるが――

「──ダメ、つながらない！」

「光惺もつながらない……さっきＬＩＭＥを送ったんだけど、まだ既読がついてないな」

「どうしたんだろ？」

「わからない……」

ひどく落ち着かないが、晶の手前、俺は冷静に振る舞った。

「兄貴、どうしよう……？」

「大丈夫だ晶。家でなにかあって遅れてるだけだ。心配するな──」

──と、そのとき、俺のスマホに着信が──ディスプレイを見てほっとした。

光惺からだった。

「──はい、もしもし」

『涼太《りょうた》、何度も連絡もらってたみたいで悪いな』

「いや、大丈夫だ。それよりお前、今どこだ？　ひなたちゃんは？」

『──俺ら、今、病院だ……』

「……は？　病院……？」

口に出してから、しまったと思った。

晶の方を見ると、晶はくしゃりと顔を歪《ゆが》める。

『落ち着いて聞いてくれ――』

「な、なんだよ？」

『――ひなたが事故った……』

「…………え？」

――そのあと、光惺は俺に詳しい事情を話していたが、その声はどこか遠くから聞こえてくるような感じだった。

電話が切れたあともしばらく呆然《ぼうぜん》としていて、俺は「兄貴」と袖を引っ張られてようやく我に返った。

すぐそばに不安でいっぱいな晶の顔があった。

「なにがあったの？　ひなたちゃんは？　上田先輩は？」

一瞬、喉がつまった。けれど言わないわけにはいかない。

「ひなたちゃんが……事故に遭ったって……──」

泣き崩れた晶を俺は抱きしめた。

初めて、晶を正面から抱きしめた。

「大丈夫、大丈夫だから……。安心しろ、大丈夫……──」

その言葉は、どちらかというと、晶ではなく自分に言い聞かせていた。

＊＊＊

晶が少し落ち着いたところで、俺はクラスに戻り、星野にこの件を伝えておいた。

星野は事情を聞いた上で「クラスのほうは任せて」と言ってくれた。

ただ、彼女も内心動揺はしているだろう。告白は延期になるかもしれない。

それからすぐに演劇部の部員たちを部室に集めて俺から事情を話した。

「──え⁉　ひなたちゃん、大丈夫なんですか⁉　怪我《けが》は⁉」

最初に西山《にしやま》が驚いて俺のところに詰め寄ってきた。

俺は西山の肩に手を置いて、「落ち着け」と言ったが、すでに目がうるみだしていた。

「兄の光惺が一緒にいる。事故と言っても車とかじゃなくて、出会い頭にチャリと接触して、命に関わるほどじゃないってさ」

西山や他の部員たちがほっとしたのも束《つか》の間、西山から「じゃあ今日の公演は？」と訊《き》かれ、俺は西山から目を逸《そ》らさずにはいられなかった。

「足に怪我をしたらしい……。光惺が言うには捻《ひね》っただけってことだけど、ぶつかった件もあるし、検査とか、事故の検証とか、いろいろあって――」

喉の奥に言葉がつっかえたが、言葉を選んでいる暇もなく、

「――難しい。検査結果次第だけど、入院する必要もなさそうだし、本人は来たがってるみたいだ。でも、公演に間に合っても出るのは無理かもしれない……」

と、事実だけを伝えた。

その瞬間、西山が大きく肩を震わせた。部員たちの中に動揺がさらに広まる。

いたたまれなくなり、視線を晶のほうに逃すと、部室の隅で膝を抱えて泣いていた。

公演ができないことよりも、友達のひなたが事故に遭ったことのほうがよほどショックだったんだろう。

こんなとき、年上としてなにか気の利《き》いたことを言えたらいいのに、うまい言葉が見つからない。

すると、西山は俺の手を振り解くようにして振り返り、

「――よ、良かった！」

と、部員たちに明るい表情を向けた。部員たちが「え？」という顔をする。

「もっと大きな事故だと思ったから、その、なんていうか――命に別状がなくて良かったっていうかさ！」

西山は無理に明るく振る舞っている。

俺がそう感じたように、伊藤《いとう》たちもまた、西山の明るさが胸にこたえていた。

「とりあえず、今日の公演は……ちゅ、中止ってことで……生徒会とか、実行委員会とか、先生たち、には、私から……――」

部員たちの間から伊藤が出てきて、西山を強く抱きしめた。

「和紗《かずさ》ちゃん……」

「私、ぶ、部長だから、行かないと……」

「私も、一緒に行くから……」

伊藤も気丈に振る舞っているが、その目に涙を溜《た》めていた。

他の部員たちもまた、お互いの肩を抱き合って泣き始める。

――彼女たちはこの公演にかけていた。

部の存続がかかった最後のチャンスだと思って今日まで励んできた。

西山はまたそれとはべつの思いがあって、この公演を成功させたいと望んできた。引っ越す前に、最後にこのメンバーでなにかを残したかったのだと思う。

それができないとわかり、それでも部長として、気丈に振る舞おうとした。

痛々しくて、見ていられない……。

──悔しい……。

俺たちは、このままなにもできずに終わりなのか。

この三週間、俺たちはなにをしてきたのだろう。

そう思うと、怒りなのか、悲しみなのか、虚《むな》しさなのか……胸の中でぐるぐると感情がせめぎ合い、今こうして立っているのがやっとなほど、身体《からだ》から力が抜けていく。

黙って突っ立っていると、ポケットに入れていたスマホが振動した。光惺からだった。

『──涼太、今いいか？』

「ああ。ひなたちゃんの様子は？」

『検査してみて、骨には異常がないって話だ。ひどい捻挫だってよ』

とはいえ、良かった、とは正直言いにくい。

「そ、そうか……」

『責任感じて、さっきからずっと泣いてる。みんなに迷惑かけちまうって……』

「そうか……。でも、こっちはとりあえず大丈夫だから、安心してって本人に伝えてくれ」

『わかった。悪かったな、涼太……』

「なんで、お前が俺に、謝るんだよ……？」

『お前の言った通りだった。俺がそばにいて、もっと大事にしてやれば、ひなたは……──あぁっクソッ！』

電話の向こうで、なにかガシャンと音がした。

『──情けねぇ……』

電話越しに、光惺の声が震えていた。

俺は、奥歯をぐっと噛《か》み締めた。

──なにか、俺にできることはないか……。

西山たちのために、ここにいないひなたのために──そして晶のために、俺はここで、兄として、男として、年上として、踏ん張らないといけない。

ここで俺が泣いたところで、なにも変わらないし、誰も救われない。

──諦めるな。

心の中で、もう一人の俺が囁《ささや》いてくる。

しかし、この状況で公演をするのは不可能だ。

ヒロインのひなたがいないのに、どうやって『ロミオとジュリエット』を成立させればいい？

『公演、やっぱ中止か？』

「その方向で進んでいるな……」

『せめて、ひなたの代わりがいたら──』

──と、その瞬間俺の脳裏でなにかが閃《ひらめ》いた。

「ひなたちゃんの、代わり……？」

『涼太、どうした……？』

「なあ、光惺。ひなたちゃん、退院はいつぐらいにできそうだ？」

『今うちの親がこっちに向かってる。たぶん、昼までにはなんとか……』

「公演は一時半からだ」

『間に合ったとしても、出るのは無理そうだぞ？』

「大丈夫。とりあえず、退院できたらすぐにこっちに連れてきてくれないか？」

『涼太、どうするつもりだ？』

「このまま公演する」

『は？　ひなたの代わりに誰が――』

「一人、ジュリエット役ができるやつがいる。だからひなたちゃんに安心してって伝えてくれ」

『……わかった。でも涼太、ひなたが苦しむようだったら――』

「わかってる。そのときは無理に連れてこなくて大丈夫だ」

『でも、本当に大丈夫なのか？』

「光惺」

『ん？』

「やっぱ俺、お前が友達で良かったわ」

『は？　お前なに言って――』

「こっちは任せろ。ひなたちゃんのことを頼む。時間がない、切るぞ――」

俺は通話を切って、伊藤に肩を抱かれながら部室から出て行こうとしている西山たちを

「ちょっと待ってくれ」と引き止めた。

「真嶋先輩……？」

西山と伊藤は足を止めた。

「西山、伊藤さん、聞いてくれ。──公演、やるぞ」

西山は他の部員たちと同じように「え？」と驚いた顔をしたが、伊藤は至極冷静な顔で俺を見た。

「ひなたちゃんがいないのに、どうやってですか？」

「ジュリエット役ができるやつを知ってる」

「誰ですか？　うちの部員では──」

伊藤が言いかけたところで、俺はその人物のほうを見る。

「晶！」

晶は伏せていた顔を上げ、俺のほうを驚いたように見た。

「ぼ、僕っ⁉」

「ジュリエットのセリフ、覚えてるよな？」

「た、たしかに覚えてるけど、僕、一回もやったことが……」

「セリフが入ってたら十分だ」

これで一つ希望が見えてきた。

「ちょっと待ってください、真嶋先輩！」

西山が焦《あせ》りながら横から口を出す。

「晶ちゃんがジュリエット役をやれたとしても、今度はロミオ役がいなくなっちゃうじゃないですか！」

「いや、ロミオ役ができるやつも知ってる」

「え？　誰ですか？」

俺は大きく深呼吸して、西山の目をまっすぐに見た。

「――俺だ」

――思えば、この三週間、俺は晶とずっとロミオのセリフや動きを一緒に練習してきた。

俺もセリフは入っている。

ただ、演じたことがないだけ。

「兄貴が……？」

晶のほうを向くと大きく目を見開いていた。

「真嶋先輩、本当に、できるんですか？」

正直、できる自信はない。

でも、ここにきて、できるかできないかを問題にしている場合じゃない——

「俺がロミオをやる」

「兄貴、本当にいいの……？」

「もちろんだ。兄貴を舐《な》めるなよ？」

俺はニカっと笑ってみせる。

「でも……」

「俺がやる。いや、やりたんだ！」

西山のほうを見た。

「そういうわけで西山、俺にロミオをやらせてくれないか？」

西山は驚き、躊躇《ためら》いつつも、部長として決断を下した。

「——わかりました。真嶋先輩、お願いします！」

俺は、腹を括《くく》った。

10 OCTOBER

10月23日（土）

花音祭二日目。

今日は、たくさん書くことがある。長くなりそう。あったことから順番に書いていこう。

まず、朝の話。

朝に兄貴と電車の中で手をつないだ。

私はあのとき不安だったんだと思う。緊張していたし、つい、いつもみたいに兄貴に甘えてしまったけど、兄貴は嫌がらなかった。

私は兄貴に一つ、お願いしたいことがあった。でも、それを口にするのはなんとなく恥ずかしくて、不安で、けっきょく言えなかったけど、兄貴にお願いを聞くようにお願いしておいた。

そのあと、学校で……。

ひなたちゃんが事故にあったと聞いて、私はショックだった。

公演が中止になりかけて、それもさらにショック。ううん、ひなたちゃんがいないことが私はショックで、けっきょく泣いているだけだった。

ほんと情けない……。ひなたちゃんのためにできること、なにもないと思って泣くしかなかった。

でも、兄貴はやっぱり兄貴だった。

兄貴の提案で、いきなり役を交代する話になった。

私にジュリエットをやれるか聞いてきた。セリフは全部覚えてたけど、自信はなかった。

でも、兄貴がロミオ役をやりたいと言ったとき、私はひなたちゃんやみんな、それから兄貴のためにジュリエットをやろうと思った。

兄貴はいつも私にいろんなものをくれる。

元気や勇気や愛。私は、兄貴にいっぱいお返しをしないといけない。

兄貴だけじゃなく、ひなちゃんのためにも、みんなのためにも……。

そう思って、ジュリエット役をやることに決めた。

第9話「じつは義妹《いもうと》と愛を誓い合いまして……(花音祭《かのんさい》二日目・中)」

体育館では公演に向けて急ピッチで準備が始まった。

ステージは音楽系の同好会や有志の参加者によるライブが行われていて、俺たちは舞台袖で道具を搬入し、準備を整えた。

時刻は十時半を少し回ったところだった。

俺は体育館の裏で晶《あきら》たちと一緒にリハーサルを行う。

「兄貴、今のところは——」

「わかった。もう少し大きく動いてみる——」

晶の指示に従いながら、俺はロミオ役の練習をする。

晶もまた台本を片手にジュリエットの練習をしていたが、やはり晶も緊張を隠せない様子だった。

「やっぱ、緊張してるか？」

「うん……。そりゃあいきなり役を代われって言われたらね」

「でも、うまくできてるじゃないか」

「ひなたちゃんほどじゃないよ……ううん、ひなたちゃんのためにも、みんなのためにも頑張らないと！」

じつはリハーサル前、俺は晶に演劇部の内情を話しておいた。

今回の公演の成功に演劇部の未来がかかっていることを。

西山たちはプレッシャーになるかもしれないと晶とひなたには話していなかった——が、さすがにさっきの空気でなにかを察したらしい。

こっそりと晶に訊《き》かれたので、俺から正直に話すと、「じゃあ余計に頑張らないと！」と晶は前向きな姿勢を見せてくれた。……俺も負けていられない。

しかし、やはり見るのとやるのとでは大きな隔たりがある。

頭の中でイメージしていたことと、実際に動いてセリフを言ってみるのとではわけが違って、なかなか思うように動けない。

我ながらよくあんな提案をしたものだと呆《あき》れもしたが、一方で俺は相手役が晶ということで少し安心していた。

晶と一緒にいると不安はなくなり、逆にもっと晶のために頑張らなければという気持ちになる。

「兄貴、セリフはほぼほぼ完璧じゃん？」

「皮肉か？　ロミオ以外のセリフもほとんど覚えてるお前に言われても嬉《うれ》しくないな」

そう言いつつ、俺たちは互いの顔を見合わせて笑った。

晶は大丈夫そうだ。これならなんとかいけるかもしれない。

「西山、何時に着替えに行く？」

「公演の一時間前には。できればメイクもしておきたくて、あははは……」

西山《にしやま》は自分の目を指差した。

晶もふくめ、みな泣きはらした目をしている。

観客席からだとわからないかもしれないが、それでもやはり気になるらしい。

「大丈夫、すごい助《すけ》っ人《と》を呼んでるから」

「助っ人？　誰のことですか？」

「俺たちの母親だよ。美由貴《みゆき》さんって言って、プロのメイクアップアーティストなんだ」

公演準備の前に美由貴さんに電話をかけておいた。ちょうど家を出る前だったので、事情を説明すると、わざわざ仕事道具を持ってきてくれるらしい。

そうして一通りリハーサルを終えて、俺たちは一息つくことにした。

昼になり、親父《おやじ》と美由貴さんが学園に到着した。

「涼太《りょうた》くん、ひなたちゃんは、あれからなにか連絡あった？」

着いて早々、美由貴さんはひなたの心配をした。

「光惺《こうせい》からＬＩＭＥが入っていて、まだ時間がかかりそうです」

「そう……。心配ね……。ショックを受けてないといいのだけれど……」

「まあ、光惺がそばにいますから……。それよりもすみません、いきなりお願いしちゃって」

「いいのよ、任せておいて！」

俺と美由貴さんが話していると、親父は晶に心配そうに語りかけていた。

「晶、いきなりジュリエット役なんか引き受けて大丈夫なのか？」

「うん。兄貴と一緒にやるから大丈夫だよ」

「ぶっちゃけ、それが一番心配なんだけどな……」

「え？　兄貴だったら大丈夫だよ？　セリフちゃんと覚えてるし――」

すると親父は俺のほうを向きちゃかすように笑う。

「いや、こいつ鈍感だから」

「はぁっ⁉　それは今関係ないだろ⁉」

――鈍感だと自分で認めているようで悔しいが……。

「お前にロミオの気持ちがわかるのか？　ジュリエットのことが好きなんだぞ？」

「わ、わかってるよ、それぐらい……。ただの演技だろ？」

「あっそ。まあ、頑張れ。俺は晶の応援してるからな」

「ありがとう、太一《たいち》さん」

「いや、俺の応援もしてくれよ……」

そんな親父なりの気の使い方に、俺は肩の力が抜けていくのを感じた。

そうして四人で少し話したあと、晶は美由貴さんを連れてメイクをしに向かった。

「涼太は行かなくていいのか？」

「まあ、俺は衣装に着替えるだけでいいし」

「衣装は？」

「昨日コスプレ喫茶で使ったやつがある」

星野《ほしの》にはすでに事情を説明してある。いちおうは貸衣装だが、汚したり破らない限りは演劇で使っても問題ないとのことだった。

「それにしても晶は変わったな～……」

「ん？　ああ、ほんと変わったよ」

親父はどこか遠い目をしていた。

晶と初めて会った日のことを思い浮かべているのかもしれない。

「あのときは、お前だけに任せて大丈夫かと心配していたけど、本当に良かったよ」

「なんだよ親父、気持ち悪いって……」

「嬉しいんだよ、俺は！」

と、親父は俺の肩をパンパンと軽く叩《たた》いた。

「まあ、俺というか、晶が努力した結果だよ。あいつ、ずっと頑張ってきたし……」

「それでも、頑張ってる晶のそばでお前が必死に支えている姿を見てたからな。お前が晶のために頑張ったから、今の晶がいるんだ」

――それは、親父もだ。

親父は不器用ながら、毎日晶に話しかけていた。

仕事の話題だったりただの世間話だったりと、なんとか父親らしく、けれど親父面《づら》をしないように努めていた。

親父も、建《たける》さんという存在が晶の中にあることを知っていたから。

建さんのことは俺から親父に伝えていた。ロクデナシなんかじゃなく、晶にとっては大好きな父親だということを。

けっきょく、家の中で、晶に一番気を使っていたのは親父だった。

「なあ親父……」

「なんだ?」

「俺、絶対にこの公演を成功させるよ。晶やみんなのために」

「……ああ。頑張ってこい」

また肩を叩かれた。

さっきより痛かったが、おかげでさらにやる気が湧いてきた。

＊＊＊

――公演開始十分前。

俺たちは幕の下りているステージの中央で輪になっていた。

ドレス姿の晶は、やはり綺麗《きれい》だった。

ショートカットとは言え、晶の細い首筋や浮き出た鎖骨は彼女の魅力を引き立たせている。

おまけに、美由貴さんのメイクはバッチリだった。ヘアメイクまでしてくれたようで、いつもの髪型とは違い、さらに綺麗に、女の子らしくなっていた。

他のメンバーたちもそれぞれの衣装を身にまとい、さらに美由貴さんによって、普段のおとなしい感じからすっかり役者の顔になっている。

いつでも始められる状態だが、皆一様に緊張していた。

そして俺たちは肩を組んだ。

「客入り、けっこう多いみたいだよ。百人くらいは集まってるみたい」

と伊藤《いとう》が緊張しながら言うと、西山は無理やり笑顔をつくった。

みんなも西山に合わせて笑顔をつくると、西山は大きく息を吸い込んで吐き出した。

「いよいよ幕が上がるね。みんな、緊張してる？」

頷《うなず》いたそれぞれの顔は、緊張を隠すように普段より大げさに見える。

それは晶も同じで、たぶんこの中で一番緊張しているのではないかと思った。

「まず、みんなに感謝。ここまで私についてきてくれてありがとう」

と、西山は頭を下げた。

「今日はここにいないひなたちゃんのためにも、応援してくれたいろんな人たちのためにも、絶対にこの公演を成功させたい。みんな、力を貸してくれる？」

もちろんと言わんばかりに、みんな首を縦に振る。

まだひなたは到着していないが、光惺がきっと連れてきてくれる。

彼女が後悔しないためにも、俺たちは最高の演技をこのステージで披露するんだ。

「じゃあみんな——と、言いたいところだけど、やっぱり掛け声は真嶋《まじま》先輩！」

「えっ⁉　俺っ⁉　そこは部長のお前だろ⁉」

「ううん、真嶋先輩があのとき諦めなかったからうちらはこうしてここに立ってるの。だから真嶋先輩、お願い！」

なんだか気恥ずかしくなって、みんなの顔を見ると、それぞれ笑顔で俺のほうを見ていた。

いや、ほんと気恥ずかしい。

晶まで俺のほうを見てにっこりと待ってくれている。

「というか、こういうの初めてで、掛け声ってなにを言えばいいのか……」

「それは、真嶋先輩が思いついたのならなんでもいいよ」

なんでも、か……。

公演が差し迫ってる中、俺が思いついた言葉は一つしかない。

「わかった……じゃあ——」

俺は大きく息を吸い込んだ。

「みんなのためにぃ────っ！」

俺のあとに続いて、「みんなのために」と声が上がる。

そうして、ついに幕が上がった──

＊＊＊

『ここはヴェローナ。怒りと悲しみが交差する街……。二つの名門、モンタギュー家とキャピュレット家は、互いに憎しみあっておりました──』

公演は台本を担当した伊藤のナレーションから始まった。

最初の場面で登場した俺は、緊張や練習不足で不自然なところがありつつも、なんとか演技に集中できていた。

とりあえずセリフは噛《か》まずに言えたので、少しだけ自信がつく。

今まで晶と一緒に練習したり、建さんのＤＶＤを何度も観《み》たおかげだろう。

徐々に気持ちが乗っていくと、ロミオが親友に恋に落ちたことを話す場面になった。

「じつは……そこで僕は美しい人に会ったんだ。踊りの相手を頼むとすぐに承知してくれた。マスクで顔はわからないが……うっとりするような美しい声の、素敵な女性だった」

──そういえばここのセリフ、晶はなかなか覚えられなくてよく引っかかっていたな。美しい声の、素敵な女性──なんだか晶を褒めているようで恥ずかしくなる。

「お互いに名前を言わず、ハンカチの交換をしてきた。ほら、『J』と刺繍《ししゅう》がしてある。ゆうべはとうとう眠れなかった。こんなこと、初めてだ──」

この場面はなんとか乗り切って、俺は若干酸欠になったようにフラフラになりながら袖に帰ってきた。

ただ、ゆっくりもしていられない。

場面が切り替わるごとに背景を入れ替えたりしなければならないので、ほかの部員たちに交ざって急いで次の場面の準備に取り掛かる。

そしていよいよ晶が登場する場面になった。

俺は固唾を飲んで見守る。

土壇場《どたんば》で晶の声が出なかったらどうしよう――そんな不安を抱えながら。

ジュリエットの部屋、ジュリエットとその召使いのフランカが会話をする場面――

「ジュリエットお嬢様。お話とはいったいどんなことでございますか？　もしや恋の悩み？　このフランカに言ってみてください」

召使い役の高村《たかむら》は多少意地悪っぽく晶――ジュリエットに訊《たず》ねる。

そして晶の第一声――

「フランカの意地悪！　そんなずけずけと訊《き》くもんじゃないわっ！」

晶のセリフは、俺の緊張を一気につんざいた。

堂々と、はっきりと、ステージ上に響く晶の声に、俺は思わず「よし！」と拳を握る。

なに一つ心配する必要がないくらい、晶は役に入り込んでいた。

「わたくしの言葉がお気に障ったらお許しくださいませ。でも、フランカは心配でなりませんの」

フランカがそう言うと、ジュリエットは急に少し申し訳なさそうな表情になる。

「ごめんなさい、謝らなくてもいいの、フランカ。……じつはね」

「じつは……なんでございましょう～？」

ジュリエットはまた悪戯《いたずら》っぽく訊いてくるフランカに振り回され、またむっとした表情になった。

「また、そんなふうに訊く！　もう話さない！」

ジュリエットはドタドタとステージを踏み鳴らしてフランカから距離をとる。

腕を組んでむくれているジュリエットのもとにフランカが近づくと――

「それじゃあ困ります。どうぞおっしゃってくださいませ」

「どうしようかしら？　――ねえフランカ、今から言うことを秘密にできる？　お父様たちには絶対に内緒よ？」

――今度は突然ウキウキとした動きを見せるジュリエット。

――なんだ、ハマり役じゃないか。

表情や仕草がころころと変わる天真爛漫《てんしんらんまん》なジュリエット役は、最初はひなたにこそ合っているると思っていた。

けれど、こうして見ていると、晶が日常的に見せる家で姿とほぼ変わらない。

喜んだり、むっとしたり、楽しそうにしたり、たまに悲しい顔をしたり……。

次の瞬間には違う表情を見せる晶にとって、ジュリエット役はすっかりハマり役だった。

こんな感じで序盤はまだ俺と晶――ロミオとジュリエットは舞台上で掛け合いができていない。

ロミオとジュリエットが再会を果たすのは、いよいよ次の場面だ。

＊　＊　＊

前半一番の盛り上がりを見せるバルコニーでの場面。

恋した相手が一族の敵であるモンタギュー家のロミオだと知り、悲嘆に暮れるジュリエット。

そこにロミオが現れて、二人で愛を誓い合う場面だ。

俺は今一度覚悟を決めて舞台袖からステージに躍り出た——

「この先はキャピュレット家の庭園。あそこにジュリエットがいるのか……」

俺は身を隠しながら、ステージの上をうろうろと歩く。

すると、バルコニーにスポットライトが当たった。

「おや、あそこで月明かりに照らされているのは……ジュリエット！　——いや、彼女は、どうしたんだ？　どうしてそんなに悲しい顔をしているんだ？」

俺はバルコニーのそばに駆け寄ると、ジュリエットの独白が始まる——

「ロミオ……——

あなたはどうして私の前においでになったの？

あなたはどうして私をこんなにも温かく包み込むの？

あなたはどうして私をこんなにも冷たく苦しめるの？

あなたはどうしてモンタギューのロミオなの？

私、あなたにたくさん訊ねてみたいことがあるの……。

私にもしも翼があったら、あなたのおそばへ飛んで行きたい。

そして、うんと泣いてあなたを困らせたい。

……でも、だめ。

私はキャピュレット家のジュリエット。あなたの仇《かたき》の家の娘。

私はあなたのおそばへは行けないわ。

ああ、ロミオ、あなたはどうして、ロミオなの……。

せめて、もう一度、あなたのお声を聞くことができたなら……──」

──たまらない。

彼女がそれほどまでに悲しい思いをしているのなら、俺は、行かなければならない──

と、このときロミオはそう思ったのだろう。

「ジュリエット！」

そして、はっきりと聞こえるように言うと、晶は俺に気づく。

「この声は、まさか……ロミオ！」

そこで俺と晶は目を合わせた。愛おしむような目が俺を見つめてくる。

俺もまた晶の目を見つめ返すが、なんだか面映《おもは》ゆい気分になった。

「会いたかった、ジュリエット……」

「ロミオ……」

「ジュリエット、庭へ出ませんか？　あなたとお話ししたいのです」

「いいえ、ここからお庭に降りられないわ」

「では、僕が参りましょう」

俺は壁をよじ登るようにして、バルコニーまでたどり着く。

今、俺と晶は、バルコニーの手すりを挟んで、すぐ近くにいる。

舞台を動き回ったためか、緊張のためか、俺の胸はなんだかひどく高鳴っていた。

「ジュリエット、大好きなあなたが名前を呼んでくれた」

「それにしてもあんまりだわ。そんなところに隠れて立ち聞きしていたのね？」

むっとする彼女に、俺は苦笑いを浮かべる。

そうして幾分かのセリフのやりとりをしているうちに、ひなたが好きだと言っていた件《くだり》に差し掛かった――

「私が好きならずっと一緒に生きて。遠い未来まで」

「わかった、あの月にかけて誓うよ」

「月に誓うのはやめて。満ち欠けするように、気分屋のあなたの気持ちが変わってしまうのが怖いの……」

――台本をもらった日、道端で初めてひなたが見せてくれたときのことを思い出す。

あのときは思わず兄妹揃《きょうだいそろ》ってひなたに見とれてしまったが、晶の場合はどうか――

「もう少し待って。私たちの恋のつぼみは、夏の息吹《いぶ》きに誘《いざな》われて、次に会うときはきっと美しく花を咲かせるわ。それまで、少しだけ待って……」

――完璧だ。ひなたに引けをとらない、うっとりとさせられる演技……。

たぶん俺だけじゃなく、会場にいる観客たちもみんな晶を見て恍惚《こうこつ》とした気分になっているのだろう。

「わかった、誓いは取っておく。でも僕は君の答えを聞いていない」

「だって、それは最初に聞かれてしまったわ。二度目はさすがに恥ずかしいの……」

「お願いだ、もう一度だけ」

晶は目を潤ませ、胸のあたりで切なそうに両手を握る。

「なによロミオのバカ……でも、愛して。私が好きなら、私を、信じて……」

次の瞬間、晶の目から涙がこぼれ落ち——

「いけない、誰か来た！　そこに隠れてて。すぐ戻ってくるから声を出さないで——」

「…………」

——気づくと、晶は「え？」という顔をした。

やばっ！　一瞬セリフが飛んだ！

俺は慌てて「わかった、待っているよ」と伝えたが、なんだかぎこちなくなってしまった。

そのあとちょっとのやりとりがあって、俺と晶はそれぞれ反対側の袖にはけた。

セリフが飛んでしまったことを反省している間もなく、一幕目の最後の場面になり、俺はすぐに舞台に出る。

ロミオがロレンス神父の元に行き、結婚したい旨《むね》を相談する場面なのだが、俺は頭の中ではまださっきセリフが飛んでしまったことを引きずったままだった。

それでもなんとか乗り切り、伊藤のナレーションでようやく第一幕が終わった。

＊　＊　＊

第二幕までのあいだに十五分の休憩時間が設けられている。

その間に俺は反省していた。

ジュリエットという役ではなく、すっかり晶として見てしまっていたこと。

晶とジュリエットを切り離して、もっと自分の演技に集中しなければ……。

第二幕に備えようと頭を切り替えた――と、そのときステージ裏の出入り口が開いた。

「涼太、いるか？」

「光惺⁉　ひなたちゃん！」

光惺と……泣き顔のひなただった。

「涼太、先輩……ううっ……せん、ぱい……」

ひなたは今にも泣き崩れそうな身体《からだ》を松葉杖《まつばづえ》で支えている。

「悪《わり》ぃ、遅くなった」

「いや、来てくれたんだな。ありがとう光惺、ひなたちゃんも――」

「ごめんなさい、私、ごめんな、さい……――」

「大丈夫だから。晶が代わりに頑張ってるから、気にしなくて大丈夫だよ」

「でも、でも私、本当に、ううっ……」

松葉杖が床に転がったとき、光惺が慌ててひなたを支えた。

「バカ、背負いこみすぎだ」

「光惺の言う通りだよ。責任を一人で背負う必要ないから──」

──とはいえ、ひなたの性格上、責任の重さを感じてどうしようもないのだろう。

ここに来ただけでも相当辛《つら》かったのではないかと思う。

それは俺だけでなく西山たちも思っていたようで、ひなたの周りに集まって、「よく来たね」「頑張ったね」と口々にひなたを励ましていた。

ややもあって、俺たちは急いで次の場面の準備に取り掛かった。

「光惺、悪い。次の準備があるから、ひなたちゃん、袖で見ていて──」

そう言い残して、俺たちは準備に向かった──

──が、物事はなかなか上手《うま》くいかないものだ。

特に、俺に関しては、前世でなにをやらかしたんだってくらい上手くいかない出来事が

第二幕で起こることになる。

そんな出来事が起こるなんてつゆ知らず、俺は急いで舞台準備をしていた。

じつはこのとき、晶とひなたと光惺のあいだでいろいろなやりとりがあったことを、俺はあとあと知ることになる……。

10 OCTOBER

10月23日（土）

公演をするって決めてからバタバタで、時間があっという間に過ぎていった。

あんまりリハーサルしている時間もなくて、本当は不安だった。

でも、兄貴が必死に頑張っているのを見て、私も落ち込んでいられないと思った。

ジュリエット役は、緊張したけど、兄貴やみんなと練習してきたおかげでなんとかできた。

兄貴がなんで「みんなのために」って掛け声をしたのかわかった。

みんなへの感謝。お父さんや母さんや太一さん、ひなたちゃんに、和紗ちゃんたち演劇部のみんな。

もっと言えば、観客の人たちだったり、あの場にいなくても関わってくれたみんなのおかげ。人見知りな私が、あんなふうに頑張れたのは、全部みんなのおかげ。

やってて楽しいって思った。

不思議な感覚。自然にジュリエットの中に入っていくような、そんな気分。

私は、あのときジュリエットだった。ロミオのことが大好きな、ジュリエット。

そのまんま、兄貴のことが大好きな私だけど、とにかく、兄貴に対するいろんな気持ちが溢れてきて止まらなくなった。

セリフに乗せて、自分の気持ちを兄貴に伝えた。

兄貴にはきっと、私の気持ちが伝わっていたと思う。そう思いたい。

第10話「じつはクライマックスがとんでもないことになりまして……(花音祭《かのんさい》二日目・後)」

第二幕の準備が終わり、俺はひなたたちのいる袖の反対側の袖で待機していた。

再び幕が上がる。

ひなたが来てくれたことに安堵《あんど》したせいか、俺は調子を取り戻し、良い雰囲気で第二幕のスタートを切ることができた。ところが――

「晶《あきら》、どうしてここにいる……？」

――ロミオの登場場面が終わり、ひなたのいたほうの袖にはけてきて、俺は青ざめた。

本来ならステージの中央にいて、仮死状態になる薬を飲む場面のはず。それなのに晶がまだここにいる。

しかもドレスを着ておらず、本来着るはずだったロミオの衣装を着ていた。

「お前、その格好、次の場面、忘れたのか!?」

「ごめん、兄貴。場面を忘れたんじゃなくてセリフを忘れたんだ」

「なっ⁉　いや、だからって、このあとどうするんだ！」

「大丈夫。ひなたちゃんが出るから――」

　すると舞台のスポットライトが点《つ》き、中央のベッドが照らされる。

　そこに座っていたのは、さっきまで晶が着ていたドレスを纏《まと》ったひなただった。

　ひなたは仮死状態になる薬のビンを手にして、それを切なそうに眺めている。

　驚く間もなく、ひなたの演技が始まってしまった――

「――こんなに美しいのに、お前は恐ろしい悪魔。ねえ、本当に効き目があるの？　もしお前が狙い通りの効果を発揮しなかったら、私は明日の朝、パリスと結婚させられてしまうのよ……――」

　心配したが、ひなたはいつも通りの好演だった。

　座ったままなので動かずに済んでいるが、それでも足の調子が気になる。

「晶、ひなたちゃんは大丈夫なのか？」

「うん。動きがあまりない場面だから、足は気にしなくても大丈夫だって」

「でも……」

「大丈夫だよ。なにかあれば僕と上田《うえだ》先輩がスタンバッてるから」

「え？」

すると幕の裏側から昨日の王子様のコスプレ衣装を着た光惺《こうせい》がぬっと顔を出した。

「光惺、お前……」

「たく、めんどくさ……」

光惺は金髪を掻《か》き上げた。

「ひなたが出たいっつーから、急に役を代わったんだってよ……」

「お前まで、なんでその格好なんだ？」

「ひなたになんかあったら、俺とそこにいるチンチクリンで助けに行くことになったから」

光惺はそう言って面白くなさそうに晶を指差した。

「チ、チンチクリンってゆーな！」

「晶、ちょっ、声っ……！」

慌てて客席を見ても注目はこちらに向いていなかった。それもそのはず――

「ああ怖い。どうしよう。ロミオ、あなただけを……あなただけを思って、主にお祈りしよう。主よお願いです、私を見捨てないで。ロミオ、勇気を下さい！」

——観客はすっかりひなたの演技に見とれていた。

さすがはひなただった。

第二幕でジュリエット役が突然代わったというのに、観客は息を飲んで彼女を見ている。

『本当は、そうです……。私、お芝居が大好きなんです——』

……そうか。

ひなたはうちに来た日の帰り、本当は演劇をしたいと話していた。

たぶん晶が気を利《き》かせて役を譲ったのだろう。光惺もまたひなたが心配でここに……。

毒を飲むシーンに差し掛かり、向こうの袖で待機していた西山《にしやま》たちが動き始めた。

「ちょっと状況を整理させてくれ。なにがあった？」

「ジュリエット役をひなたちゃんに引き継いだだけ。僕と上田先輩はひなたちゃんのサポートに回ることにしたんだ」

「じゃあ晶、お前はこのあと出ないのか？」

「うん。このままロミオ役は兄貴に任せるね」

「任せるって……お前もその格好なわけだし、ロミオ役は――」

「ううん。ひなたちゃんに約束したんだ。なにかあれば僕らが絶対サポートしに行くって」

「そっか……。あ、えっと……。じゃあ光惺のその格好は？」

「僕らがひなたちゃんを助けに行っても、制服のままだと世界観が壊れちゃうでしょ？　アドリブで続けられるようにするためだよ」

「俺はひなたが出るのは反対したし、この格好も嫌だっつったんだけどな……」

光惺はやれやれとまた頭を掻く。

「わかった。それじゃあ俺とひなたちゃんであとをやればいいんだな？」

「うん。兄貴、ひなたちゃんをよろしくね」

「涼太《りょうた》、なんかあればこっちを見て合図してくれ」

「わ、わかった……」

とはいえ、急な役代わりに俺は戸惑っていた。

頭の整理が追いついていないまま、俺の登場場面になってしまった。

――そういえば、伊藤《いとう》が前に言っていたっけ。

芝居は生物。止まるくらいならアドリブで流せと……。

予定調和という言葉があるが、今回は最初からその通りにいっていない。

何事もなく、このまま終わってくれたら良いのだが……。

＊＊＊

――墓地、安置室。

ステージ中央にベッドがあり、スポットライトで照らされている。

そこに、ジュリエット役のひなたが静かに横たわっている。

俺はここにきてかなり緊張していた。

少し離れたところからひなたのドレス姿を見たが、やはりというか、とにかく綺麗《きれい》だった。

距離感が近いだけで激しく動揺してしまうひなたに、これから俺は触れる。

そして、キス……のふりをする。

そう思うと、心臓の鼓動が一気に跳ね上がり、冷たい汗が背中を伝う。

「──ジュ、ジュリエット⁉」

俺の動揺はそのまま声に表れた。

──まずい、驚いている場合ではない。

ひなたに近づくと、彼女の美しさがよりいっそう増した。

綺麗に整った顔、そのきめ細かな白い肌がスポットライトに照らされて光沢を放っている。

思わず、感嘆のため息がもれてしまったが、俺はそのまま続けた。

「──ジュリエット、いつまでも一緒だって言ったじゃないか。あんなに温かかった身体《からだ》が、こんなに凍りついて……」

俺がひなたの頬に触れると、ピクリとひなたが反応し、さらに俺は動揺する。

ここはジュリエットにほとんど動きはない。

俺が勘違いしたまま毒を飲んだあと、ジュリエットはベッドから立ち上がり、ロミオの短剣を腰元から抜いて、自死──それだけの動作なら今のひなたでもできるだろう。

とにかくここは舞台の上、なんとか乗り切らなければ──

「間違ったことなんてなにもないのに、どうしてこんなにうまくいかないのだろう？」

──いや、なにかが間違っている。

なんだ、この違和感は？

さっきまでと違って、どこか他人行儀で、セリフが自分のもののように感じられない。

「ジュリエット、いがみ合いのない世界で、僕たちはこれから幸せになろう。いつまでもいつまでも一緒に暮らそう――」

――そうか、そういうことか。

さっきまで愛を誓い合った相手ではないから……。

晶ではなく、ひなただから、俺はこのセリフに違和感を覚えてしまっているのだ。

途中で役代わりしたせいで、俺はきっと役に入り込めずにいる。

「今、君のところに行くよ。ああジュリエット、まだかすかに温かい――」

再び頰に触れるが、やがてその手をジュリエットの肩に置く。

また、俺にしかわからないように、ひなたがピクリと反応する。

――このまま晶ではなくひなたにキスをしていいのか？

いや、演技だ。これは演技で、なんでもない。

あくまでキスするふりで、さらっと流すように終わらせればいい。

「最後のキスだ、お休みジュリエット――」

そのまま身体を寄せるようにしてひなたに近づく――が、俺は途中で止まってしまった。

ひなたは肩を震わせている。

表情は硬く、眉間にしわが寄せられ、俺はどこか、このまま近づいてはいけないような気がした。

そしてこのとき、俺はすっかり自分が素《す》の状態になっていることに気付いた。

「先輩、早くしないと……」

「っ……」

ひなたに小声で促されたが、俺はすっかり固まって身動きがとれないでいる。

「ごめん、ひなたちゃん……」

「ただ、キスして、終わりです……」

けれどひなたの目はそれを求めていない。

まるで頭で思っていることを心が否定しているような、そんな複雑な目で俺をじっと見つめてくる。

俺は、はっとした。

ひなたも、俺と同じように、すっかり素の状態に戻っているように見える。

まだ事故に遭ったことを気にしているのか、ジュリエット役を途中で引き継いだせいか、役に入りきれていないのかもしれない。

——あるいは、ロミオ役が俺だから？

だいぶ間延びしてしまったせいで、観客席からザワザワと声が聞こえてくる。

「本当に、いいの？」

「演技ですから……」

——違う。

四年の付き合いのある俺には、ひなたの表情や言葉から違和感しか感じられない。

肯定と迷いと拒絶——そんな感情が入り混じって伝わってくる。

今、俺たちはどちらも役に徹しきれていない。

こんな状態で、互いの覚悟が決まっていない状態で、それを演技だからと許してしまうのはなにかが違う気がする。

——俺は、どうすればいいんだ？

俺は、完全に、固まってしまった。

ひなたもまた、どうすることもできず、ただ俺の目をじっと見つめてくる。
それでも俺は固まったまま、時間だけが過ぎていく。
まずい、このままだとすべて台無しになってしまう。
どうすればいい？　どうすれば……と、狼狽《うろた》えていたら──
『なにを勘違いしているのぉおおお──────っ！』
突然スピーカーから晶の声が大音量で体育館中に響いた。
一瞬で静まり返る。
俺とひなたははっとして、晶がいる袖のほうを見た。
すると晶がゆっくりと、堂々と、こちらに向かってきた。
その手に二本の剣を携えて。
観客が再びざわつく。
──これは、どういうことだ？
「ロミオ、その子は偽物《にせもの》のジュリエットよ！」
「はぁっ⁉」

……アドリブ？

晶が、助けに来てくれたのか……？

今度は晶のさらに向こう側、袖にいる光惺と目が合う。

光惺はやれやれといつものように怠《だる》そうに金髪を掻《か》き上げる——が、次の瞬間、光惺の顔つきががらりと変わった。

いつもの気怠そうな表情ではなく、引き締まった、真剣な顔。そして——

「そいつは俺の女だっ！」

——なんと光惺が舞台に飛び出てきた。

「悪いな色男。勘違いしてるみたいだが——そいつ、俺の女だから」

と、光惺がひなたを指差した。

「はぁっ⁉」

俺が驚くと同時に、ひなたも驚いて上体を起こした。

「な、なんであなたがここにっ⁉」

ひなたの顔から火が出そうになっている。

——そりゃあ驚くよな……。

まったく女子に興味を示さず、「怠い」「めんどい」が口癖の光惺が、いきなり舞台に立っただけじゃなく、さらっとキザなセリフを吐いたら……。しかも、実の妹に……。

「なんでって、決まってんだろ——」

戸惑うひなたや俺を尻目に、光惺はステージから観客を見下ろしてポーズを決める。

「——俺がお前を攫《さら》いにきたからだ！」

途端に体育館中から「キャアアア——！」と一斉に黄色い声が上がる……えっと、なんで？

すると光惺はすぐさまひなたに駆け寄り、俺が戸惑っているうちにひなたをお姫様抱っこした。

ひなたは顔を真っ赤に染めたまま光惺を見上げている。大人しくなった子猫のように、抵抗する素振りもない。

「つーわけでロミオ、こいつもらっていくから——」

「ちょ、ちょっと待て！　お前は誰だ⁉」

「……さあな。つーかお前にはジュリエットがいんだろ？」

「え？」

「二人とも自分のもんにできると思うなよ？　じゃあな──」

光惺はそう言うと、ひなたを抱えたまま颯爽《さっそう》と袖のほうにはけていった。

後に残されたのは、光惺の背中を黙ったまま見つめるマヌケ面《づら》の俺と、両手に剣を持ったまま顔を強張《こわば》らせている晶……。

晶と目が合うと、小声で「いいから合わせて」と伝えてきた。

「ロミオ！」

「あ、えっと……ジュリエット？　い、生きていたんだね……？」

「ひどいわっ！　私とべつの子を勘違いするなんて！」

「あ、えっと、こ、これには事情があって！」

「愛を誓い合った相手の顔を忘れるなんてっ！」

「ちょっ……いったん落ち着こう！　冷静になって話し合おう！」

観客席からどっと笑いが起こった。

あまりにも情けない俺の演技（？）がウケたのだろう。

「問答無用！　よくも私を蔑《ないがし》ろにしたわねっ！　この浮気者《うわき》！」

「だからそんなつもりは——」

言いかけたところで、晶が片方の剣を放り投げてきた。俺は慌ててキャッチするが、なにがなんだかわからずにいると、

「今から決闘よ————！」

と、晶が剣を高らかに掲げた。

「なんで————っ⁉」

いきなりのバトル展開。俺の叫びと同時に体育館中がどよめく。

「ま、待て！　たしかに僕が悪かった！　いったん話し合おう！　なっ⁉」

言うが早いか、晶は素早く剣で斬りかかってくる。

俺はすんでのところで剣で受け止めた。

そのまま鍔《つば》迫《ぜ》り合いのような格好になると、晶は俺にだけわかるようにふっと笑顔になり、小声で話しかけてくる。

「…………（助けにきたよ、兄貴）」

「…………（一周回ってピンチじゃないか、俺？）」

「…………（いいからこのまま続けるよ）」

「…………（続けるって、どうすんだよ⁉）」

「………（兄貴ならわかるでしょ？　いつもの僕らを思い出して──）」

するとは晶は力を入れて俺を押し返す。

俺は二歩、三歩と後退したが、次の瞬間晶の表情はすっかり戦う顔になっていた。

いつもの俺たち、か……──

少し冷静になって思い出してみる。

考えてみれば、俺たちは喧嘩《けんか》なんてしたことがない。

家では一緒にダラダラと漫画を読むかゲームをするくらいしかしていないし、ましてチャンバラなんか……チャンバラ？　チャンバラ⁉

──エンサム2かっ⁉

俺がはっとした表情になると、晶はコクンと頷《うなず》く。

──なるほど、ここからはいつも通りの俺たち、ゲームで戦う姿をリアルで見せればいいってことか。

ようやく頭の中が整理できると、俺は剣をだらりと下ろした。

「僕は、君を愛しているのに、どうしてこんなことに⁉」

「あなたの愛を試すの！　私への愛を貫きたいのなら方法は一つしかない！」

晶は剣を高らかに構え、そしてニヤリと笑った。

「――自分より弱い者のところには嫁には行かぬ。欲しくば、打ち負かせ！」

観客席がさらにどよめいた。

これが中沢琴《なかざわこと》のお決まりのセリフだと知っている人間はほぼいないだろう。

ここにきてそんなセリフを合わせてくるとは、さすがは晶。

俺はいろいろ諦めて剣を構える。

「わかった、では打ち負かしてみせよう！」

殺陣《たて》の練習はまったくしていないが、俺たちはなにかの見よう見まねで剣を構える。

なるほど、晶は中沢琴の構えを真似《まね》ているようだ。

ならば俺は土方歳三《ひじかたとしぞう》でいくか――幕末の日本と十四世紀のイタリアでは設定がまるで合わないが……おっと！

「そこっ！」

「なんのっ！」

晶の斬撃をなぎ払いつつ、俺は口元が綻ぶのを感じていた。

──本当に変わったな、晶……。

舞台上で生き生きと楽しそうにしている晶は、家で見せる姿そのものだった。弟のように活発に、けれど妹のように可愛《かわい》らしく──それらを人前でさらけ出している。

自分のことだけでいっぱいいっぱいだったあの晶が、俺やひなたを助けるために出てきてくれたことも、俺としてはとても嬉《うれ》しい。

そう思うと、この馬鹿げたチャンバラも、今までのことも、なんだか清々《すがすが》しいほどに笑えてくる。

ただひたすらに楽しい。

俺は今、舞台の上で素直に楽しめている。晶のおかげで──

「やぁっ！」

「せいっ！」

晶は必死に連撃を放つ。だが──

「甘いっ！」

小学生のとき一人チャンバラごっこで遊んだ経験がある俺のほうが一枚上手。

「チィッ……」

分が悪いと見え、晶の顔に焦《あせ》りが見えた。

思えば、エンサム2では勝てないと諦めた相手……。

だが、今なら──晶に勝てる！

俺は剣を中断に構え、すぅーっと息を吸い込み、目を瞑《つぶ》る。

これはエンサム2の土方歳三の超必殺技──

「くらえっ！　秘剣──」

俺はかっと目を見開いた……が──

「──隙ありぃいいい──────────！」

俺の手にしていた剣が振り払われて宙を舞った。

「えぇえぇえ──────────⁉」

ひっでぇ⁉

超必殺技の途中で斬り込んでくるのは反則だっていつも言ってるだろっ！

「どう？　私の勝ちよ！」

こんなときくらい兄貴に花を持たせてくれよ～……。

「くっ……俺の、負けだ……」

と、納得はしてないが調子を合わせておいた。

俺は観念して目を瞑る――が、いくら待ってもとどめの一撃がやってこない。

どうしたのかと薄目で見ると、晶もまた手にしていた剣をカランと床に落とした。

「命まではとらない！　代わりに私の言うことをなんでも一つ聞いてもらう！」

「え……？」

「私があなたをもらってあげるわっ！　ううん、私をお嫁さんにしてっ！」

「は……？　ええ――――っ⁉」

体育館中がどよめいて俺の叫びはすぐにかき消された。

――まあ、でも……。

これがいつもの俺たち。

これはアドリブではない。

たぶん俺たち兄妹《きょうだい》にしかわからないやりとり。

晶はただ単に、このステージの中央で、一途《いちず》に、俺への気持ちをまっすぐにぶつけてきただけなのだ。

唖然《あぜん》として晶を眺めていると、俺のほうを向いてテヘッと舌を出す。

――まったく、なんて義妹《いもうと》だ、こいつは……。

俺は晶のそばに寄って肩に手を置く。

呆《あき》れを通り越して、今はなんだか逆に楽しくなってきた。

「ならば僕とこのまま逃げないか？　どこか遠くの町まで逃げて一緒になろう！」

普段の俺なら絶対に言わない言葉――晶は俺がそう言うしかない状況をまんまとつくった。

だったらここは乗りきるしかない。

「っ……!?　嬉しいっ！　私をこれからも愛してくれるのね、ロミオ！」

「もちろんだ、ジュリエット！　愛しているっ！」

俺たちはひしと抱きしめ合った。

そこで伊藤がうまいことナレーションで締めてくれた――

『こうして二人は結ばれ、二人が駆け落ちしたことで両家の両親は反省し、長きにわたる争いに終止符を打ちました。……そして、このあと二人は末長く幸せに暮らしました』

幕が下り、エンドロール。

沸き起こる大きな拍手と歓声。

そしてカーテンコール……。

俺たちは余韻に浸る間もなく、あっという間に撤収作業をした。

……で、けっきょく――

「「やりすぎたぁあああ～～～……――」」

……やっぱり、こうなった。

俺と晶は体育館の裏で、どっと肩を落とした。

まさかの逆転劇。

俺たちはバッドエンドになるはずの大事な場面を、謎のコメディ有り、謎のアクション有り、謎のラブ&ピース有りのハッピーエンドに力業《ちからわざ》でひっくり返してしまった。

……いやいや、ないって。

いくら気分が盛り上がってしまったとはいえ、あれはさすがにない。

とりあえずシェイクスピア大先生に。

誠に申し訳ございませんでした……。

そうしてしばらくのあいだ、俺と晶が体育館の裏で地面を眺めていると、

「あ！　お二人ともこんなところにいたんですかっ？」

ジュリエット姿のひなたが松葉杖《まつばづえ》をつきながらやってきた。

どうやら俺たちを探し回っていたらしい。

「ひ、ひなたちゃん……ごめん、俺――」

「二人とも、すみませんでしたっ！」

ひなたが突然頭を下げたので、俺と晶は面食らった。

「すみませんでした、涼太先輩！　突然役を交代しただけじゃなく、あそこで戸惑わせて

しまって……」

「ああ、いや……。ひなたちゃんは完璧だったよ！　悪いのは、その……途中で固まっちゃった俺だから」

「晶もごめん！　せっかく譲ってもらったのに……」

「ぼ、僕もいきなり偽物《にせもの》だーとか言っちゃってごめん！　なんとか助けようとしたら、つい……」

「ううん、あのアドリブのおかげでちゃんと終わらせられたから……」

アドリブ？　アドリブねぇ……。

俺は腑《ふ》に落ちないものを感じていたが――

「それにしてもすごいアドリブでした！　二人、息ぴったりで、真に迫っていたというか、なんだか自然体みたいでしたよ！」

「「ふぐっ……！」」

俺と晶はお互いの顔を見て赤面した。

「い、いや……あれは、悪ふざけがすぎたというか……」

「そうそう……僕らは普段あんな感じじゃないよ、ほんと……」

「え？　そうですか？」

ひなたは怪訝《けげん》そうに俺たちを見た。

「と、ところで光惺は？」

「お兄ちゃんならトイレに逃げました」

「逃げた？」

「ファンができちゃったみたいです。あのあと女の子たちに取り囲まれちゃって……」

「チッ……。あのイケメンがっ！」

舞台にちょっと出ただけで人気をかっさらうなんて俺の立場がなさすぎる。……まあ、べつにいいけど。

「それにしてもひなたちゃん、光惺が舞台に出られて良かった……のかな？」

「あれはキザすぎますよ。さすがに引いちゃいます──」

そう言いつつもひなたはまんざらでもないという表情を浮かべ、ふと空を見上げた。

「──でも、私のために舞台に出てくれたのなら、ちょっとだけ嬉《うれ》しかったりもします」

「そっか。なら、良かったね」

「はい！」

晴れ渡るこの空のように、ひなたがすっきりとした表情で笑うと、俺と晶は互いの顔を見合わせて笑った。

＊＊＊

晶とひなたが着替えに行っているあいだ、俺は部室に戻っていた西山たちにひたすら平謝りに謝っていた。

最後の最後で舞台を無茶苦茶にした件について、俺が途中で固まってしまった旨《むね》をしっかりと伝え、その上で晶やひなた、それと光惺に非は無かったことを説明した。

ところがみんな怒りもせず、それどころか笑顔で「最高でした」と言ってくれた。

伊藤も珍しく興奮してはしゃいでいる様子だった。

「本当はああいうはちゃめちゃな展開が好きなんです、私！」

「そ、そう？　だったら良かった……。ところで伊藤さん、あの最後のナレーション、あれは西山の指示？」

「晶ちゃんです。『ハッピーエンドしか勝たん！』って」

それだけであの土壇場《どたんば》でのナレーションを思いつくとは、さすがは伊藤だ。

そんな感じで、みんな笑顔だったが、西山だけは一人呆れていた。

「まったく、人には過激な演出をするなって言ってたくせに、最後の抱き合うシーン、あれはなんなんですか？」

「あ、いや、あれは流れで……」

「もしかして晶ちゃんを本当に好きなんですか？」

「ちがっ……あれは晶が義妹《いもうと》だからできたことでっ！」

「義妹だからできた？　なるほどなるほど～……──」

西山がにやりと笑う。

「──さっすが規格外のシスコン兄貴ですね～」

「そうそう、だから好意とかではなく……は？　規格外のシスコン⁉」

俺が伊藤の顔を見ると、伊藤は顔をさっと台本で隠し、俺と目も合わせてくれない。ほかの部員たちもニヤニヤとしだす。

西山は構わずに続けた。

「先輩はやっぱり噂《うわさ》通りの人でした。まあ、部室でもイチャイチャを何度も見せつけられていましたから、噂じゃなくて絶対そうなんだろうなってうちらは思ってましたけど～」

どうやら俺の噂とは、俺がシスコンだというものだったらしい……ん？

「ちょっと待て！　俺はイチャイチャなんてっ、というかシスコンじゃない！」

「シスコンの人ほどそう言うんです！　一年のあいだだと超有名なんですよ！」

「だからシスコンじゃないって！　晶はここ最近できたばかりの義妹で……」

「……ってことは、単純に異性として好きってことですよね、それ？」

真っ赤になって反論しようとすると、俺以上に真っ赤になっている伊藤がぼそっとこう言った。

「義妹と……一つ屋根の下で……朝から晩まで……はわわわわわっ！」

伊藤、今、なにを想像した……？

ほかの部員たちも「きゃあ！」と言って顔を赤らめている。

俺が絶句したままでいると、西山はくすりと笑った。

「まあでも、おかげで最高の演劇ができました。ありがとうございました、真嶋《まじま》先輩」

西山が頭を下げた。伊藤やほかの部員も西山に倣《なら》う。

「あ、いや……。俺はなにも……」

「これで、部がなくなったとしても、思い残すことはなにもありません。私自身、本当に良い思い出ができました。──そうだ、入部届けはどうしますか？」

「ああいや、このままでいいよ……」

「そうですか……。じゃあ先輩はこれからも活動してくれるんですか？」

「まあな……」

俺と西山のやりとりを聞いて、伊藤はなにかに気づいた顔をしている。

「和紗《かずさ》ちゃん、今の話って……」

「ごめん天音《あまね》。今までずっと言わなかったことがあるんだ。このあと話すよ」

「う、うん……」

「先輩は参加しなくても大丈夫です。みんなにあのこと、話すだけですから」

西山はそう言って、ちょっとだけ切ない表情を浮かべた。

俺は「わかった」とだけ言って部室をあとにした。

西山がいなくなったとしても、部員は俺を含めて五人いる。部としての存続も気になるところだが、伊藤たちのためにも、俺はこのまま部に残ろうと決意した。

10 OCTOBER

10月23日（土）

第一幕が無事に終わって、第二幕目の直前、上田先輩と一緒にひなたちゃんが来た。

なんだか、とっても安心した。

ひなたちゃんは泣いていたけど、来るだけでもきっと勇気がいると思った。

ただ、上田先輩の冷たい態度には納得いかなかった。

ちょっと、ケンカっぽいことになっちゃって、言い合いになったけど……。

それに、もしかしたら言わなくていいことを言っちゃったかも……。

でも、上田先輩はそのあとなんだかんだ言いながらも私の提案に乗ってくれた。

兄貴の言う通り、悪い人じゃないって思った。それに、演技も上手かった。
普段からあんな風に……は、ちょっと無理かも。キザなセリフを吐いてる
上田先輩はちょっとなぁ……。

でも、ひなたちゃんはキュンってしてたみたい。

もしかして、ひなたちゃん……考えすぎかな？

それはいいとして、ラストを無理やり変更しちゃった。とっさに私が
出て行っちゃったけど、普段通りの私と兄貴のやりとりっぽくて楽しかった。

まあ、ちょっとやりすぎちゃった感じはして反省した。

本当はチャンバラで私が勝ったあと、戦いは無意味、みんなで仲良く
平和に暮しましょう、みたいなノリで終わりだったんだけど……。

夢中になりすぎて、みんなの前で兄貴にお嫁さんにしてって言っちゃった……。

でも、兄貴は私のノリに合わせて、最後は「愛している」って言ってくれて
抱きしめられてしまった！ 天音ちゃんのナレーションも最高だったなぁ～！

あの～、幸せすぎてキュン死にしそうなんですが……？

そうだ！ 太一さん、ちゃんとビデオで撮ってくれたかなぁっ!?

ハッピーエンドしか勝たん！ 兄貴、愛してるぜっ！

最終話「じつは義妹《いもうと》と後夜祭にていろいろと……」

花音祭《かのんさい》二日目は、いろいろとトラブルもありつつも、なんとか乗り切ることができた。

その日の放課後、俺と晶《あきら》は一緒に後夜祭に参加していた。

二人で遠目にキャンプファイヤーを眺めていると、そこに光惺《こうせい》とひなたがやってきた。

光惺は松葉杖《まつばづえ》を脇に抱え、ひなたをおんぶしている。

なんだかんだで面倒見が良い光惺を見て、俺は笑いそうになるのを我慢した。

「涼太《りょうた》、俺らは先に帰るわ」

「後夜祭は？　まだ始まったばかりだぞ？」

「腹減ってんの。昼飯食えなかったしな」

とか言いつつ、光惺は早くひなたを休ませたいだけなのだろう。

「そっか。じゃあ光惺、また来週な」

「おう」

光惺が行こうとすると、「待って」とひなたが引き止めた。

「あの、涼太先輩、今日は本当にありがとうございました！」

「ああ、いや……」

「晶も、ほんとありがとう！」

「ううん、気にしないで！　ひなたちゃんにはいつも助けてもらってるから」

そこで光惺が思い出したように晶に話しかけた。

「そーいやお前、まだ怒ってんの？」

「ううん。あのときはすみませんでした、上田《うえだ》先輩」

「いや、べつに——じゃあな、チンチクリン」

「だからチンチクリンってゆーな———！」

そんなやりとりをしていて気にはなったが、そのあと晶は「もう」と言って明るく手を振っていた。

光惺はひなたをおんぶしたまま校門の方へ向かっていったのだが——

「ひなた、お前また重くなったな？」

「またっていつの話してるの！　というか女の子に体重の話をしない！」

——そんなやりとりが聞こえてきた。

まあ、いつも通りの上田兄妹《きょうだい》で安心する。……いや、いつもより優しい感じだな。

ただ一つ、気になっていることがあった。

「そう言えば晶、今日光惺となにがあったんだ？」

「ああ、うん。じつはね――」

晶はどこかバツの悪そうな顔をしたが、ゆっくりと今日あったことについて話し始めた。

＊＊＊

――ここからは、俺が晶から聞いた話をもとに、俺なりに解釈した話である。

演劇の途中、ひなたがやってきたときに時間はさかのぼる。

準備に向かった俺たちと入れ替わりでステージからはけてきた晶は、ひなたの姿を見て抱きしめた。

「ひなたちゃん！」

「晶、ごめん！　私！」

「いいんだ。僕、ひなたちゃんみたい上手《うま》くやれてないけど、なんとかなってるから」

「ごめん、ほんと、ごめん、私、みんなに迷惑を……」

「ううん、迷惑だなんて思ってないよ……。みんな、ひなたちゃんが悪いだなんて思ってないから……」

後悔で打ちひしがれているひなたの背中を晶がさする。

するとそばで見ていた光惺が口を開いた。

「ひなた、そろそろ観客席に行くぞ」

「え……？」

「ここにいたら迷惑だ。みんながお前に気を使う」

「そ、そうだよね……じゃあお兄ちゃん——」

その言い方に晶はカチンときてしまったらしく、

「僕らがひなたちゃんに気を使ってなにが悪いのさ！」

と光惺に言い放った。……言い放ってしまった。

「晶……？」

ひなたは驚いていたが、光惺はそういう意味で言ったのではなく今はみんなのために、
と晶の様子に多少驚きつつも説明したらしい。

光惺の言った理屈は晶もわかっていた。

自分が逆の立場だったらすぐに観客席に行っていただろうと。

ただ、このとき感情が高ぶっていた晶は、光惺に前から思っていたことをぶちまけてし

まったそうだ。

「上田先輩のその言い方、僕は嫌い！」

「……あん？」

「どっちでも取れるようにして、相手を迷わせてるだけじゃん！」

上田兄妹は目を丸くして晶を見つめていたらしい。……たぶん、俺もその場にいたら驚いていたと思う。

「ひなたちゃんの思っていることをもっと聞いてあげて！　ひなたちゃんが、今どうしたいか、どんな気持ちでいるか、もっと、ちゃんと、聞いてあげて！」

「…………」

光惺は黙って聞いていたらしい。

普段話をしたこともない晶に言われたこともそうだが、自分が今までひなたを蔑《ないがし》ろにしてきたことを指摘されたようで、光惺は深く反省――

「は？　なんでんなことお前みたいなチンチクリンに言われねぇとならねぇんだ？」

――とはならなかった……。

光惺は、こんなときまでブレない——いや、ブレろ。

そうでなければ、このあと晶が言わなくてもいいことを口にしなくて済んだのに——

「僕、ひなたちゃんの友達だから！」

「俺はこいつの兄貴だ」

「兄貴なら妹に冷たくしていいの⁉」

「違う。俺はひなたのことを考えて——」

「考えてない！　兄貴面したいならうちの兄貴を見習いなよ！」

「あぁ⁉　なんで涼太なんだ——」

「うちの兄貴は優しいんだ！　僕が考えてること、思ってること、わがままも全部聞いてくれて、僕のためになんでもしようとしてくれるんだ！　鈍感で優柔不断なところもあるけど、ほんとに素敵で、かっこよくて……そんな兄貴のために僕も変わりたいって思った！　悔しかったらうちの兄貴みたいに、ひなたちゃんの自慢の兄貴になってみせてよっ！」

——これを聞いた俺は、赤面した。

晶、お前はなんてことを言ってしまったんだ……。

それから少しの沈黙のあと、「プッ……」とひなたが噴き出した。

「晶、それ、お兄ちゃんって言うより、なんだか……」

「あ……」

晶は途端に真っ赤になってしまったらしい。

するとひなたは光惺に向かって話し始めた。

「お兄ちゃん、私、演劇がしたいの」

「……なんとなく、知ってた」

「演劇、続けてもいいかな？　演劇部、入部してもいい？」

「俺には関係ないって言ったろ？　――お前の人生なんだ。お前の好きにしたらいい」

「私をお兄ちゃんの自分の人生の一部だって思ってくれないの？」

「それは……」

「私たちが実の兄妹だから……？」

そこで少しのあいだ沈黙が流れた。先に口を開いたのは光惺だった。

「……そうだ。だから、涼太やこいつと違う。俺たちは実の兄妹だ……」

「……わかった。じゃあ私、お兄ちゃんにはもうなにも求めない」

ひなたは大きくため息をついて、

「でも、今回はダメだから、次の機会だね……」

と、足を見て寂しそうにつぶやいた。

晶はそれを聞いて——

「ひとつ提案というか、ひなたちゃんにお願いがあるんだけど……」

「なに、晶？」

「僕、最後の場面のセリフ、じつは覚えていないんだよね……」

——と、嘘《うそ》を言ったようだ。

ひなたはこのとき、演劇部の置かれている状況を知らなかった。

演劇部の公演はこれが最後になるかもしれないこと。そして年内で廃部になるかもしれないということ。

俺からその話を聞いていた晶は、ひなたのために大事な見せ場を譲ると決めたらしい。

「でも、私は——」

ひなたは足をしきりに気にしていたが、

「——やっぱり、やりたい。でも晶、いいの？」

「うん！」

しかし今度は光惺が止めに入った。

「ちょっと待て！　こいつ、怪我《けが》してんだぞ？　なんかあったらどうすんだ？」

「そのときは僕と上田先輩がいるじゃん」

「は？」

「僕らでひなたちゃんを助けに行く。なにかあれば絶対に僕らが行くから！」

「ちょっ、おまっ、勝手に――」

「わかった！　じゃあ遠慮なく行ってくるね、晶、お兄ちゃん！」

――というやりとりがあったらしい。

そして光惺もしぶしぶ王子様の衣装に着替えた――ということだったらしい。

＊　＊　＊

「――ってことがあって」

「なるほどな……俺の知らないところでそんなことがあったなんてな……」

「まあ、僕だけじゃなんともできなかったと思う。あそこに上田先輩がいなかったらうまくいかなかったかもしれないし……」

俺としては、経緯はどうあれ、光惺が舞台に出たことのほうが驚きだった。

まあでも、これで一つはっきりした。

なんだかんだで、光惺は良い兄貴だった。

ひなたのために、子役時代の嫌な過去を振り払って、舞台に立って演じたのだから。

「というか晶、よく光惺にそれだけ言えたな？　ある意味すごいな、お前」

「あのときはなんか変なテンションだったんだよ～……。というか兄貴、上田先輩が僕のことチンチクリンって言うのやめさせて！」

「ああ、うん……」

チンチクリン——まあ、言葉選びのセンスは光惺にはないな。

ただ、なんとなくだが可愛《かわい》らしい雰囲気はある。

そんなやりとりをしていると、帰っていく一般客の中からこちらに向かってくる人たちが見えた。

「涼太、晶——」

親父《おやじ》と美由貴《みゆき》さんだった。二人は満面の笑みでこちらに近づいてきた。

「親父」

「母さん」

「いやぁ～、最高だった！　涼太、晶、よく頑張ったな！」

「晶、素敵だったわよ！　涼太くんも本当にかっこよかったわ！」

そこまで大げさに褒められると、なんだか照れくさい。

それは晶も同じようで、俺と晶は目を見合わせて苦笑いを浮かべた。

「しっかし、なんだ最後のあれ？　演劇っていうより、いつものお前らじゃないか」

「ええ。仲のいい二人、そのままって感じだったわ」

「え？　そうかな……？」

「光惺くんやひなたちゃんも出てたし、なかなか面白かったぞ？　こっちまでなんだか若くなった気がしたよ」

「戦ったあと、最後に結ばれる二人……。思わず太一《たいち》さんとキャーって叫んじゃったわ」

親父たちが興奮気味に言ってくるので、俺はなんだかどぎまぎする。

そうして少し立ち話をしたあと、親父たちは帰っていった。

しかしそのすぐあと「あっ！」と晶が声を上げた。

「お父さん！」

晶が向いたほうを見ると、大きな図体《ずうたい》をした建《たける》さんが、こそこそと木の陰に隠れていた。

なにをしているんだ、あの人は……。

二人で駆け寄ると、建さんはバツの悪そうな顔をしていた。

「もう、美由貴たちは行ったか……？」

どうやら美由貴さんを気にしていたらしい。

「観《み》にきてくれてたんですね？」

「まあな。しかし真嶋《まじま》、お前がロミオで晶がジュリエットかよ。知らなかったから度肝を抜かれたぜ……」

「えへへへ、いろいろあって……。それよりもお父さん、僕らの演劇、どうだった？　お父さんのアドバイス通りに頑張れたよ！」

「まあ演技は良い感じだったが、最後がなかなか斬新だったな……」

「なんだよその感想……」

晶はむくれていたが、建さんはやれやれと笑った。

「最後、真嶋が止まっちまっただろ？　そもそもあれがいけなかったな。そっからアドリブに切り替えたはいいが、本筋から抜けたのは良くねぇ」

「うっ……すみません」

考えてみれば、あそこでキスシーンを強行することもできた。

でも、それをしなくて今はなんだかほっとしている。

「だが、こういう文化祭の舞台は楽しんだもん勝ちだ。多少無茶苦茶でも、客を楽しませて、自分たちも楽しめたらそれでいい」

「そんなものでしょうか？」

「そんなもんだ。俺は楽しませてもらったが、お前らはどうだ？」

「いろいろありましたが、楽しかったです！」

「僕も楽しかったよ！」

「なら、それでいいんだ」

建さんは満足そうに笑顔を浮かべた。

「それにしても、晶の演技力というか、この成長ぶりは、やっぱり建さんと親子だからですかね？」

獲得した形質は遺伝しない。そんなことは俺自身がよく知っている。

けれど俺には、晶の演技力は建さんから受け継がれたもののように思えてならない。建さんがかつて人見知りを克服したように、晶も同じようにすっかりと人見知りを克服しているように見える。

やはり、血の繋《つな》がりは大事だということなのかもしれない。

「当たり前だ。俺の娘だからな」

「お父さん、それはちゃんと売れてから言ってね……。売れてないお父さんに言われても嬉しくないから」

「うぐっ……」

晶の鋭いツッコミに建さんは思わず呻《うめ》いた。

「まあ、冗談はさておき――」

あ、冗談だったんだな……。

「――演技だけのことじゃなく、人が成長するためには環境ってやつが大事だと俺は思ってる。どんな環境で、どういう努力をするかってことだ」

「環境、ですか……」

「まあ、けっきょくは周りと自分次第だ。血の繋がりは大事かもしれねぇが、育つ環境がなによりも大事、これが俺の持論だ。だから――」

そう言うと建さんは俺の肩に手を置いた。

「――ありがとう、真嶋。晶が変われたのは、晶を支えてくれた人たちみんなと、なによりも晶のことを一番に思ってくれているお前のおかげだ。お前が晶の環境の中心にいるんだ。だから、ありがとう、真嶋……ありがとう……」

　建さんはそう俺に言うと、微かに潤んだ目元を袖で拭った。

「じゃあ晶、兄貴とこれからも仲良くするんだぞ？」

「うん！」

「晶のことを頼んだ、真嶋」

「はい！」

　それから俺たちは建さんが去っていくうしろ姿を見つめながら話した。

「晶、建さんにメンデルの法則のこと……」

「ううん、言ってないよ。あれ、たぶん本当にお父さんの持論」

「そっか……」

　晶は俺の手をそっと握った。

「兄貴、まだメンデルの法則にこだわってる？」

「……いや。少し、気が晴れたよ……」

　思えばこの数週間、晶と一緒に過ごす中で、俺はあの女のことすら忘れて生活していた。

この先、俺の中の憎しみが消えることはなくても、今はなんだかどうでも良いという気分にさえなっている。

――俺が、晶の環境の中心か。

まったくあの人は……そんな大事な部分を俺なんかに任せていいのだろうか。

無責任で、格好ばかりつけて……それなのにどうして俺は建さんのことを嫌いになれないのだろう。

「ねえ、兄貴？」

「ん？」

「ハンカチいる……？」

「いや、いい……」

俺は建さんと同じように、袖で目元を拭った。

＊　＊　＊

夕闇が迫っている中、グラウンドの中央ではキャンプファイヤーが煌々《こうこう》と燃え、後夜祭はさらに盛り上がりをみせていた。

テンションの上がった男女が、楽しそうに火のそばでなにかをしている。

俺と晶は、ただ遠くからその様子を座って眺め、黙ったまましばらく時間がすぎた。

ふと、俺は思い出したように口を開いた。

「そういえば朝の話……」

「なに？」

「電車の中で、ほら、お前……」

「ああ、兄貴にお願いしたいこと？」

「そうそう。お前、俺になにをお願いしたかったんだ？」

するとは晶はニコリと笑って、俺の顔を覗《のぞ》きこむ。

「もうそれは叶ったよ」

「え？　いつ？」

「演劇の最後、『愛している』『一緒になろう』って言ってくれたよね？」

「あ、あれは……」

「わかってる。演劇だからでしょ？　でも僕、嘘でもいいから兄貴にそう言ってもらいたかったんだ。だから、本当は今日のキャンプファイヤーのときに、兄貴にお願いするつもりだったんだ。嘘でもいいから、僕と結婚してほしいって……」

そう言うと晶は、そっと俺の手を握った。

「僕、不安だったんだ。兄貴、押せば押すほど逃げていくから、距離を保つのも、本当は必死で……」

「でも、ステージの上で愛してるって、ギュッとされて……僕は大満足だったのです」

「晶……」

「……嘘じゃなくて、演技でもなくて、あれが俺の本心だとしたら？」

「そんなの死ぬ……。キュン死にしちゃう……」

「そ、そっか……」

死なれちゃまずいな……。

「え？　兄貴、もしかして、あれ、本心なの？」

期待に満ちた表情で見てくる晶から俺は目を逸《そ》らした。

「……本心、かどうかは、正直自分でも疑わしい。流れというか、あの場の雰囲気に当てられただけなのかもしれないし──」

──だから俺は、晶にこう告げることにした。

「まだわからないんだ。まだ、俺は自分の気持ちに整理がついていない」

晶の目をじっと見つめる。キャンプファイヤーの火に照らされて、晶の潤んだ瞳が揺れて輝いている……と──

「――なにやってるんですか、二人とも？」

その瞬間、俺と晶はパッと手を離して顔を逸らした。声の主は西山《にしやま》だった。

「な、なにも……。なあ、晶？」

「う、うん……」

「そうですかそうですか～。私は二人が手を繋《つな》いでいるように見えたんですけど？」

「気のせいだ！」

そう言っておいたが、西山はニヤニヤと俺たちの顔を覗き込んでくる。

「と、ところで、なんで来たんだ？」

「もち、二人のお邪魔をしに――」

「はぁ？」

「――というのは冗談で、改めて二人にお礼を言いたくて。ありがとうございました、真嶋先輩、晶ちゃん」

西山はそう言うと頭を下げた。

「おかげで最高の思い出と一緒に――最高の話が舞い込んできました～！」

「最高の話？」

「さっき生徒会の友達に訊《き》いたら、演劇部が存続できそうって話です！」

「え？　じゃあ演劇部は……」

「和紗《かずさ》ちゃん、ほんとに？」

「うん！　アンケートの結果が好評だったし、これなら大丈夫だろうって！」

西山につられて俺たちまで笑顔になる。

実績——それは部としてきちんと活動しているかどうか。

じつは伊藤《いとう》のアイディアで、演劇部の実績の報告のために、今日の観客にアンケートをとっていた。

体育館にいた百名近い人たちのアンケートがなかなか好評だったとのこと。

生徒会はそれをもとに先生たちとの話し合いに臨むらしい。

西山は晶の肩に手を置いた。

「それで、晶ちゃんはどうする？　真嶋先輩、演劇部を続けてくれるらしいけど、このまま晶ちゃんも入っちゃわない？」

晶はどうするのかと気になっていたら、

「うん！　僕、もうちょっと続けたい！」

と、明るく了承していた。

「じゃあ、はいこれ、入部届け。ペンもあるから、このまま書いちゃって～……」

「わかった。じゃあ──」

晶が名前を書き始めたところで、「ん？」と俺は不審なものを感じた。

なんだか妙に準備がいいな、こいつ……。

「はい、じゃあ入部決定ね。晶ちゃんも真嶋先輩も明日からもよろしくお願いします！

あ、それとひなたちゃんも入ってくれるそうなので、部員三人ゲットー！　ついでにひなたちゃんのお兄さんも勧誘してみよっと～♪」

そして、なんでこいつはこんなにテンションが高いんだ……？

「わ、わかったけど、西山。新部長は誰になるんだ？　やっぱ伊藤さんか？」

「はい？　部長は私のままですけど……」

「はぁっ⁉」

「だから、部長は私ですって」

「いや、そうじゃなくて、お前、引っ越しするって……」

晶は「え？」という顔をしたが、それは西山ではなく俺に向けられている。

「西山、どういうことだ……？」

「だから、『引っ越す』とは言いましたが、『転校する』なんて一言も言ってないじゃないですか？」

それは、つまり――

「――さ、詐欺じゃねぇかそれぇえええ――――――！」

「人聞きが悪いですね～……。ようやく市内に家が建ったので、新居に移るだけですよ？勝手に人を転校させないでくださいよ、真嶋先輩」

「お前……じゃあ、あのときの涙は？」

すると西山は舌をペロッと出して、

「私、演劇部なんで～♪」

と言って、晶の入部届をピラピラとさせて逃げていった。

「あいつ、最低だ……」

「兄貴、またなにか勘違いしたの？」

「いや、あれは勘違いとかじゃなくて詐欺だ詐欺！　入部取り消しだ！　すぐに退部届を出すぞ、晶！」

　腹立ち紛れにそう言うと、晶は上目遣いで俺を見てくる。

「え、でも僕、このまま演劇やりたい……」

「うっ……」

「兄貴、僕の応援、これからもしてくれる……？」

　そんな目で見るなよ～……。

「……わかった」

　あの一癖有りな西山のもとに晶を置いておけない。

　だから俺はしぶしぶ了承するしかなかった。

　つくづく、晶に対して俺は甘いのだと思う。

「はぁ～……。しかし、これが俺か……」

「え？　これが俺って、どういうこと？」

「いや、こっちの話だ……。──それよりも晶、お願いはほかになにかないか？」

「え？　ほかに？」

「ほら、今回頑張った晶になにかプレゼントをあげたいんだよ。欲しいものはあるか？」

「えっ⁉　兄貴、なにかくれるの⁉」

「まあ、そんなに高いものじゃなかったら……。そうだ、来月発売のエンサム3なんかどうだ？」

「それはもう初回限定版・中沢琴《なかざわこと》フィギュア付を予約済みだしな〜……」

……さすがですね。

晶は少し考えたあと、俺の目を上目遣いで見てきた。

「だったらロミオ、私とダンスを踊ってくださいませんか？」

「え、おど……？」

「な、な〜んて！　ジュリエット風に言ってみたんだけどやっぱ今のはなし！　僕、なに言っちゃってんだろ！　あははは〜……やっぱりべつのに――」

晶がまたなにかを考え出したので、俺はふっと笑って晶の手を取った。

「あ、兄貴、僕の手――」

「晶、踊るぞ！」

「えぇっ!?」

「ほら、みんなあそこで踊ってるだろ？」

「それは、そうだけど……いいの？」

「ロミオほどかっこ良くはないが、俺で良かったら」

「兄貴……」

「やっぱ嫌か？」

「ううん、嬉《うれ》しい……」

そうして俺たちは燃え盛る炎に導かれるように、キャンプファイヤーの近くに立った。

俺たちがロミオとジュリエットを演じたことは何人かの生徒もわかっていたらしく、俺たちを見てひそひそとなにかを話している。

ただまあ、俺も晶もあまり気にしていない。

今気にしているのは、たぶん、お互いにお互いのこと……。

俺たちが黙って見つめ合っていると、ちょうど音楽がスローテンポな曲になった。

晶はそっと俺に近づくと、そのまま俺の胸に頭を埋《うず》めた。心臓の音が聞かれている。

けれど晶はなにも言わず、そのまま俺に調子を合わせて身体《からだ》を動かし始めた……のだが
——

「いてっ！　晶、足踏むなよっ！」

「あ、兄貴こそ踏むなよーっ！——いたっ！」

——まったく、ムードもへったくれもないな……。

俺は呆《あき》れながら晶の顔をじっと見つめる。

「晶……」

「なに、兄貴？」

「今年の花音祭、楽しかったか？」

「うん！」

その満面の笑みに俺は満足した。

人前でこうして踊っているのにもかかわらず、家で一緒に過ごすような雰囲気は変わらない。

晶の人見知りは、たぶんもう大丈夫だ。

「兄貴はどう？　楽しめた？」

「ああ。晶のおかげで最高の思い出になったよ」

俺が笑顔でそう言うと、晶の顔はキャンプファイヤーの炎に照らされて、よりいっそう赤くなった。

「まったく……。兄貴のそういうところ！　平気そうに言わないでよ……もう！」

それからしばらくの間、俺たちは笑顔で向き合いつつ、お互いの足を踏まないように、ぎこちなくステップを踏み続けた。

10 OCTOBER

10月23日（土）

たくさん書きすぎた。手が痛い……。

でも、まだまだたくさん書きたいことがある！

とりあえず、公演後のこと。

天音ちゃんが用意してくれたアンケートの結果は、ちゃんと演劇部の実績として残るらしくて、演劇部はなくならないみたい！　ヤッタ〜！

そうそう、私は演劇部に入ることにした！　ひなたちゃんも一緒だー！

人見知りもなんだか平気になってきたみたいだし、このまま和紗ちゃんたちと続けてみて、お父さんみたいに人見知りを克服したい。

兄貴も一緒だし、部活で好きな人と一緒っていうのも憧れてたから嬉しいなぁ。

ひなたちゃん、なんだかんだで上田先輩におんぶされて嬉しそうだった。

照れてるひなたちゃんは可愛い。私も見習わないとってことで、兄貴にどんどんおんぶしてもらわなきゃ！

そして最後に、キュン死に案件。

兄貴が私の手をとって、踊ろうって言ってくれた……。

ああ、ダメだ。思い出したらニヤニヤしてしまう。

兄貴からああやって積極的にされたら。なにも言えなくなっちゃう。

ニヤニヤが止まらない。大好きすぎてヤバい……。

こんなに私を好きって気持ちにさせたんだから、

ちゃんと最後は
責任をとってよねー！

あとがき

こんにちは、白井《しらい》ムクです。じついも二巻のあとがきを書かせていただきます。

まず一巻発売後の変化ですが、白井の周囲というよりも白井自身の心情の変化が大きかったように思います。

多くの読者の方から寄せられた素敵な感想やファンレターに支えられて、また応援してくださる皆様の励ましの声に鼓舞され、日々こうして執筆させていただいていることへの感謝を忘れずにこれからも頑張っていこうと、白井は新たな気持ちで二巻の執筆に挑みました。

さて、今回は学園祭、それも演劇をテーマに涼太《りょうた》と晶《あきら》の変化を書いてみました。

いきなりの展開で驚かれたと思いますが、なんと人見知りの激しい晶が「ロミオとジュリエット」の主役、ロミオを務めることになってしまいました。当然と言いますか、晶を大事に思っている涼太は、迷いながらも、最終的に晶をサポートしようと決意します。

晶は涼太のおかげもあって徐々に変わっていきますが、涼太もまた晶や周囲の人たちを通じて変わっていきます。一巻から登場している上田《うえだ》兄妹《きょうだい》や真嶋《まじま》夫妻、姫野《ひめの》建《たける》などはもちろん、新たに西山和紗《にしやまかずさ》や伊藤天音《いとうあまね》などの演劇部員たちも加わり、二人の関係に影響を与えていきました。

一巻でだいぶ近づいた涼太と晶の距離感は、ギリギリ平行線を保っています。兄妹として、あるいは恋人未満の関係として、踏み越えたいがなかなか踏み越えられない一線が二人のあいだに存在している中、花音祭《かのんさい》を通して少しずつ、けれど着実に、二人は互いの心の距離を縮めていきました。

もどかしく、不器用に。けれど優しく、甘く、尊く——二人がゆっくりと成長していく姿を、著者としては親になった気分でドキドキハラハラとしながら綴《つづ》っていきました。涼太と晶はすっかり著者の手を離れ、今は二人で歩み出しております。読者の皆様にも、今後二人が恋人になるまでの過程を温かく見守っていただけたら幸いです。

さらに今回は上田兄妹の過去や関係性にも触れました。光惺《こうせい》は元子役、ひなたも中学時代演劇部員だった過去があるなど、一巻では詳しく描かれなかった二人のことが少しだけわかります。

ただ、涼太と上田兄妹が出会ったきっかけはなんだったのか？　そして義理の兄妹である涼太と晶、そして実の兄妹であるひなたと光惺……二つの兄妹の未来がどのようになっていくか？

それらを書きたいと思っておりますので、どうかこれからもじついもの応援のほど、よろしくお願いいたします。

ここで謝辞を。

今回も多くの方のご支援とご協力を賜り、二巻を発刊するに至りました。

担当編集の竹林様にはいつもご迷惑をおかけしてしまい申し訳ない気持ちでいっぱいなのですが、それでも温かくご支援いただき、心より感謝しております。ファンタジア文庫編集部の皆様をはじめ、出版業界の皆様や販売店の皆様、それぞれの関係者の皆様のご尽力に厚く御礼申し上げますとともに、今後ともお引き立てくださいますようよろしくお願い申し上げます。

イラスト担当の千種《ちぐさ》みのり先生には今回も素敵なイラストを描いていただきました。今回は様々なシチュエーションや衣装などが登場しますので、先生には多大なるご負担をお掛けしてしまいましたが、それでも素晴らしいイラストをご用意いただき、感謝の気持ちしかございません。また、ＹｏｕＴｕｂｅ漫画担当の寿帆《ひさほ》先生をはじめ、応援イラストを描いてくださったイラストレーターの皆様並びにコラボイラストをお許しくださいました作家の皆様にも、感謝の気持ちで一杯です。

ＰＶをご用意いただいた製作スタッフの皆様、そしてボーイッシュな晶の声を担当していただいた内田真礼様にも厚く御礼申し上げます。

結城《ゆうき》カノン様には今回も優しく応援していただき、心より嬉《うれ》しく思っております。これからも一緒に素敵なものをつくっていけたらと思います。

そして白井を支えてくれた家族のみんなにも感謝を。いつもありがとう。白井はこれからもみんなのために全力で励みます。

最後になりますが、本作、本シリーズを応援してくださる読者の皆様にも心よりの感謝を申し上げますとともに、本作に携わった全ての方のご多幸を心よりお祈り申し上げまして、簡単ではございますがお礼の言葉とさせていただきます。

滋賀県甲賀《こうか》市より愛を込めて。

白井ムク

お便りはこちらまで

〒一〇二―八一七七
ファンタジア文庫編集部気付
白井ムク（様）宛
千種みのり（様）宛

富士見ファンタジア文庫

じつは義妹《いもうと》でした。 2
~最近《さいきん》できた義理《ぎり》の弟《おとうと》の距離感《きょりかん》がやたら近《ちか》いわけ~

令和4年2月20日　初版発行
令和6年10月25日　9版発行

著者——白井《しらい》ムク

発行者——山下直久
発　行——株式会社KADOKAWA
〒102-8177
東京都千代田区富士見2-13-3
0570-002-301（ナビダイヤル）
印刷所——株式会社KADOKAWA
製本所——株式会社KADOKAWA

ISBN978-4-04-074482-7 C0193 ◆◇◇

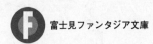